作家的劳动绝不仅是为了取悦于当代
而更重要的是给历史一个深厚的交代

路遥

纪念路遥先生诞辰七十周年

路遥

1949.12.2—1992.11.17

1949年生于陕北，1973年进入延安大学中文系，开始文学创作。1982年发表《人生》，轰动全国。1988年完成《平凡的世界》全三部，1991年获第三届茅盾文学奖。

路遥全集

·典藏版·

剧本·诗歌·书信卷

人生

北京出版集团公司
北京十月文艺出版社

目 录

剧本

第九支队

（七场歌剧）

场次

序　幕
第一场　困难面前
第二场　坚持斗争
第三场　声东击西
第四场　县委来信
第五场　转移粮食
第六场　奋斗不止
第七场　完成任务

人物表

马国威　“第九支队”政委，四十岁。
方　英　“第九支队”副队长，后任队长，女，二十六岁。
曹　虎　“第九支队”队员，三十多岁。
秋　霞　“第九支队”队员，女，二十岁。
杨顺德　“第九支队”队员，年近四十。
二娃子　“第九支队”通讯员，十六岁。
游击队员若干。

马大娘　马国威母亲。
长山大爷　游击队联络员，年近七旬。

张连长　　中国人民解放军某部连长。

群众若干。

解放军战士若干。

牛秉儒　　清平镇伪镇长，本地豪绅，六十岁。

孙月亭　　原“第九支队”队长，后为叛徒。

潘营长　　国民党某部骑兵营营长。

马五保　　牛秉儒的狗腿子。

伪保警队队员若干。

国民党匪兵若干。

序幕

〔一九四七年四月。

〔陕北某地青龙砭上。

〔雄壮、紧张的音乐伴着激烈战斗的枪声。

〔幕在激战后徐启。

〔台上岸石突兀，青松挺拔，硝烟弥漫。张连长等欣然地望着山上。

〔方英、曹虎、二娃子精神抖擞地上。

方　英：张连长！敌人的冲锋，又被我们打下去啦?!

张连长：三次啦。真是半山坡上刨洋芋,一个一个都滚下去了！……方英同志，粮食……

方　英：粮食全部坚壁好了!

张连长：好哇！你们的行动非常迅速！（看看表,对某战士）小王！集合队伍!

〔战士应声下。

曹　虎：怎么？撤?

张连长：撤!

曹　虎：（拔刀目视）就这样撤？……

张连长：怎么？……曹虎，以后啊，（拍着曹虎的肩膀）有你打的仗！（稍停）去吧，带领乡亲们立即转移！

方　英：去吧！我随后就来。

〔曹虎看看大家，不好意思地叫二娃子同下。

〔张连长、方英望着曹虎的背影，二人发出了会心的微笑。

张连长：（严肃地）方英同志，我们走后，县委疏散的这批粮食，就交给你们第九支队了！任务非常艰巨啊！

方　英：放心吧！有我们支队在，就有粮在！

张连长：嗯！方英同志，在战争年代里，粮食和子弹是同等重要的！尤其是今天，这每一颗粮食，对我们来说，都具有特殊的意义啊！

方　英：我们保证完成党交给我们的任务！

张连长：好！再见！

方　英：再见！

〔两人紧紧握手，亮相。《主题歌》起。

硝烟腾空风雷吼，
红旗引路我们走。
千重烟云锁不住，
滚滚青河水长流！

〔幕在《主题歌》声中徐闭。

第一场　困难面前

〔同年五月，一天下午，某山峁上。

〔曹虎背刀在放哨。

〔秋霞手持红缨枪喊着跑上。

秋　霞：方英——（对曹虎）副队长呢？

曹　虎：怎么回事？

〔方英上。

秋　霞：方英姐，赵家湾那边又起火了！

〔众望着赵家湾方向，音乐起。

方　英：（愤慨地）烧吧！……这血债，总有一天要清算的！

曹　虎：山下不知叫糟蹋成什么样子啦！咳！

方　英：（望着山下，悲愤交集）（唱）

想往日，清平川，

山清水秀好田园。

三月里桃花红似火，

八月里糜谷金灿灿。

万恶的胡匪来，

家乡被糟践！
鸡不叫鸣井水干，
大川百里无炊烟。

（伴唱）

鸡不叫鸣井水干，
大川百里无炊烟！

秋　霞：（接唱）

再不闻——
十里枣花飘香甜；

曹　虎：（接唱）

再不见——
乡亲们扬鞭飞犁青河畔。

众：　（齐唱）

只见那——
黄沙滚滚遮天地，
乌云重重卷狼烟！

方　英：（接唱）

家乡啊——
家乡！
总有一天，
我们要为你报仇冤！

曹　虎：方英，咱们先敲他一回，给敌人点厉害看看！

秋　霞：对！扫扫他的威风！

方　英：敌人威风不了几天。不过，我们决不能盲目行动，等马政委从县委开会回来再说吧！

曹　虎：（失望地）咳！

〔马大娘提草篮上。

众：　　（惊喜地）马大娘！你怎么来啦？

马大娘：给大伙送点干粮。方英！国威呢？

方　英：到县委开会，还没回来。有什么情况吗？

〔孙月亭上。

马大娘：牛秉儒这个老东西又回来了！

孙月亭：（意外地）牛秉儒回来啦！

众：　　（一惊）他？！

马大娘：他如今当了伪镇长，胡儿子催粮催得紧，急得这老东西团团转，到处抓人放火……山底下……

众：　　山下怎么样？

马大娘：被糟蹋得不成样子啊！咳！（唱）

万恶的胡匪进了川，
山乡惨景不忍看……
门窗被烧光，
生灵被杀完，
抓差拉夫修工事，
一川杨柳连根剜！

牛秉儒，逞凶残，
抓人刨粮四处窜。
多少乡亲被抓去，
毒火坑里受磨难。
鞭抽绳捆刺刀逼，
逼问粮食埋在哪架山！

曹　虎：（接唱）

敌人在山下逞凶残，
曹虎我心像乱箭穿！

清平川的山水养育了咱，
咱怎能——
眼看乡亲们受难不去管！

方　英：（接唱）

不是我们不去管，
咱举足轻重要检点。

曹　虎：（接唱）

什么检点不检点，
今天让我去下山，
不砍光这群胡儿子，
曹虎我决不算好汉！

（白）孙队长！你让我下山去吧！

孙月亭：下山管什么用?!

曹　虎：跟敌人拼了！

孙月亭：拼？就凭你这大刀片?!说话也不看看形势！（曹虎气愤地一刀砍在树墩上）

方　英：曹虎，党交给咱的任务，是保护县委坚壁的这批粮食，咱怎能跟敌人硬拼呢！

马大娘：虎子！山下到处是敌人，封锁得可严啦，你们行动可得……

孙月亭：方副队长！目前敌人大兵压境，山下围得水泄不通，咱们带的粮食眼看就要完了，我看……咱们还是转移一下吧！

方　英：往哪儿转移？

孙月亭：东河畔一带。

众：　（惊讶地）东河畔？

孙月亭：那里食宿方便，又比较安全嘛！

秋　霞：（讥讽地）安全？我看不见得吧！

方　英：（在思索）……

孙月亭：万一不行，咱还可以东渡黄河嘛！

方　英：渡河?！那党交给咱的任务……

孙月亭：难道我们就这样等死不成?！

方　英：不！我们决不能离开粮食一步。

众：　　（坚定地）我们决不离开粮食。

孙月亭：你们……

〔长山大爷气喘吁吁地急上。

众：　　长山大爷，怎么回事?！

长　山：牛秉儒领着胡儿子……搜……搜山来了！

众：　　（一惊）啊！

孙月亭：看看看……我说让早点转移，你们还自以为是……现在……看看……

方　英：长山大爷，敌人有多少人?

长　山：人不少哇！朝这个方向过来了。

孙月亭：看看！人无远虑，必有近忧，现在转移也来不及了……

方　英：长山大爷，马大娘，你们先到乡亲们那儿呆着，（长山、马大娘应声下）曹虎你去集合队伍，准备战斗！

曹　虎：是！（欲下）

孙月亭：站住！简直是胡来！敌人像山羊似的，一群一群，就凭我们这二三十个人，十来条破枪，还战什么斗！……

秋　霞：（气愤地）那你说呢?

孙月亭：把枪坚壁起来！

众：　　（惊讶地）埋枪?！

孙月亭：事到如今，也只得如此了！

秋　霞：不！枪决不能丢下！

孙月亭：这是决定！

曹　虎：错误的决定，我们拒不执行！

孙月亭：你……（转向方英）方英！你是共产党员，要带头执行党的决定！

方　英：不！我不能执行！

孙月亭：你，你……你们简直是目无领导！……好，我去通知！（曹虎一把夺过方英的长枪，推弹上膛。）

曹　虎：（大喝）你敢！！

〔孙月亭惊慌失措，方英阻止曹虎，形成僵局。

〔马国威健步上场。

马国威：怎么回事？

秋　霞：孙队长要埋枪散伙。

马国威：埋枪？！

孙月亭：马政委！敌人开始搜山了，咱这几条破枪，只能招惹是非……

马国威：招惹是非？！

孙月亭：我看，不如暂时坚壁起来，等待时机，东山再起嘛！

马国威：老孙！革命的大好形势，要靠我们用枪杆子去夺取，怎么能去等待呢？！

孙月亭：莫非就这样等死不成！马政委！（唱）

山底下到处是胡匪兵营，
兵马多来势猛极恶穷凶。
解放军他乡去无影无踪，
靠我们几条枪难当大用！

马国威：不！（接唱）

敌人多不过是乌合之众，
兵缺粮马缺料日暮途穷。
解放军他乡去诱敌深入，
留下咱更应当坚持斗争！

拖敌人饿敌人路远任重，
枪杆子一定要紧握手中。
千重雾锁不住青河长流，
西风狂更受这烈火熊熊！

雄心在志如钢军民一心，
定能够迎来那旭日东升！

孙月亭：（接唱）

谈未来那当然光辉灿烂，
望眼前我看是寸步难行。

方　英：（接唱）

炕洞里看天地漆黑一团，
险峰上方能见壮丽美景！

孙月亭：（接唱）

面对现实万不能盲目冲动，
一定要坚壁枪化整为零。

马国威
方　英：枪，决不能丢掉！（接唱）

闹革命离不开武装斗争，
丢下枪就等于背叛革命！

孙月亭：（不服气地）背叛?！哼！我要到县委反映去！（边走边说）你们这简直是盲动！（狼狈逃下）

〔众鄙夷地怒视着孙的背影。

方　英：马政委，他……

马国威：（意味深长地）没什么奇怪的！在革命的洪流中，时时都有泥沙沉淀！（稍停）曹虎！你去集合队伍，做好战斗准备！

曹　虎：是！（下）

马国威：秋霞！你护送乡亲们先到黑梢岭去！

秋　霞：是！（下）

马国威：方英，咱们去监视敌人的动向。我们共产党员，一定要用坚决的战斗精神，来完成党交给我们的任务！

方　英：是的！就是刀山摆在面前，我们也要踏过去！（音乐起）

马国威
方　英：（二重唱）

青河水，水流长，
穿山劈岭到远方。
边区人心向毛主席，
众志成城坚如钢！

乌云遮不住，
东方天要亮，
毛主席还在咱陕北：
万杆红旗迎朝阳！

〔造型。闭幕。

第二场　坚持斗争

〔数日后，黑梢岭上。

〔幕在伴唱声中徐启。

〔夜色茫茫，月上中天。台上杂树丛生。曹虎在岩石上磨刀，杨顺德在擦老套筒。

（伴唱）

五月山风卷狼烟，

困难吓不倒英雄汉。

高天有冲出云围的月，

大海有乘风破浪的帆！

〔马国威上。

马国威：曹虎！你的刀磨得怎样啦？

曹　虎：行啦！你看。

杨顺德：都能剃头啦！

马国威：好！有用着的时候。

〔方英急上。

方　英：马政委！咱带的干粮一点也没有了。

马国威：知道了。

方　英：乡亲们又冷又饿，二娃子冻得直哆嗦……

〔众沉默。

曹　虎：老马！让我下山去弄点粮吧！

马国威：不！长山大爷没来，山下情况不明，乡亲们送不来粮，说明敌人封锁很严，咱们另想办法！

杨顺德：要不，我去把咱坚壁的粮食先挖点来?！

马国威：不！

〔秋霞、二娃子上。

马国威：顺德！那粮，是县委给咱解放军准备的，咱可一粒都不能动啊！（对二娃子）来！二娃子,（脱下夹袄）把这披上！

二娃子：我能撑得住啊！

马国威：披上吧！夜里冷啊！（给二娃子披衣。扶着二娃子的肩膀，深情地望着大家。音乐起）同志们！眼前我们遇到了一些困难，可是，同志们！我们这点困难，比起红军二万五千里长征来，又算得了什么呢?！（在音乐声中深情地唱）

当年红军长征来，
艰难困苦脚下踩。
煮草根，啃皮带，
雪山草地为营寨。
铁流两万五千里，
革命红花一路开。

想红军，忆当年，
革命传统记心间。
霜打枫林树更红，
红炉炼钢钢更坚。
英雄不怕千般苦，

为革命吃苦苦也甜！

秋　霞：走！挖野菜去！

众：　　走！挖野菜去！就是吃野菜，我们也决不动用部队一粒粮！

马国威：好！秋霞！把篝火点起来！

〔秋霞点篝火，满台红光。伴唱起。

（伴唱）

山雨欲来天更闷，
东方欲晓夜更寒。
高天雄鹰云中走，
狂风折翅不回还！

〔战士挖野菜，穿行林间。

众战士：（齐唱）

林中篝火红，
满天星月残！
游击战士挖野菜，
心中燃起火一团。

烈火驱散千重雾，
野菜充饥志更坚。
胡蛮日子不长久，
三星西沉要亮天！

〔二娃子在台侧喊："开饭喽！"然后跑上。

二娃子：马政委！野菜煮好了，吃饭走！（拉老马）

马国威：（深受感动地）好！你们先吃，我就来。

二娃子：你就来啊！（说着跑下）

马国威：（望着群山，心潮激荡）（唱）

山林静，篝火旺，

心中犹如黄河浪……
战士林中煮野菜，
坚持斗争在山冈！
任你胡匪重重锁，
草上的露水不久长！

仰望那——
高天北斗银灿灿，
好像看见了，
杨家岭灯火明闪闪；
耳听着——
青河流水声朗朗，
好像听见了，
延河滔滔在歌唱！

想起毛主席，
浑身是力量。
云遮雾盖何所惧，
众志成城坚如钢。
红旗在心枪在手，
决不给敌人一粒粮！

〔二娃子领长山大爷上，众随上。

二娃子：马政委！长山大爷来了！

马国威：长山大爷，你怎么这时候来了?！

长　山：老马，敌人把咱在麻子沟坚壁的粮食刨出来了……

众：（一惊）啊！

马国威：什么时候？

长　山：今天黄昏……咳！敌人封锁很严，我出不来呀……

秋　霞：这怎么办？……

众：　　（焦急地）这……

马国威：（沉着地）同志们！别着急！等我们支部开会研究一下。咱这粮食，他一粒也别想拿去！

众：　　对！一粒也不能让他们拿去！

马国威：大伙快休息去吧，呆会儿还有任务呢！

曹　虎：任务?！（兴奋地拔刀在手）嘿！这回可用着你啦！（捅了顺德一拳）走！

〔曹虎、杨顺德兴奋地下，众亦陆续议论着下。

马国威：长山大爷！你也来一下！

〔长山、方英随马国威下。空场。

〔二娃子拿着自己的褂子、针线上，坐在山坡上，穿针引线。音乐起。

〔马大娘上。

马大娘：二娃子！你在那儿干什么呢？

二娃子：（不好意思地）补衣服呢！

马大娘：咳！这孩子！（一把拿过衣服）还不睡去！（理理针线缝起来）

二娃子：（看着马大娘缝衣服，天真地问）马大娘！你说，哪颗是北斗星啊？

马大娘：（边缝边答）哪颗最亮，哪颗就是嘛！

〔二娃子在空中寻找着北斗星，渐渐地熟睡在大娘身边。

马大娘：〔看看二娃子，给他盖盖衣服，面对群山边缝边唱。

山林稠，星星稀，
月光如水洒满地。
战士个个林中睡，

我为战士补军衣。

夜风寒，月偏西，
战士熟睡在家乡的怀抱里。
我为战士补军衣，
飞针走线甜如蜜。

线线长，针脚密，
针针线线传情意。
今夜战士睡梢林，
为的是——
为的是明天千万座高楼平地起！

〔马国威、方英、长山大爷上。

方　英：大娘！你咋没睡呀？

〔二娃子醒。

马大娘：（把衣服递给二娃子）不困哪！你们会开完啦？

〔众战士、群众陆续上场。

秋　霞：马政委！……你们开完会啦？

曹　虎：（迫不及待地）怎么干?！

方　英：看你急的！

马国威：杨顺德！你跟方英领乡亲们到二郎庙，具体任务，由方英安排！

杨顺德：是！

马国威：把鞭炮和洋铁桶都带上！

杨顺德：哎！

方　英：我们走了！

〔众群众随方英、杨顺德下。

曹　虎：我呢?!

马国威：你和秋霞立即集合队伍……

曹　虎：去哪儿?

马国威：到镇子里!

曹　虎：镇子里?!

马国威：捅捅老虎的屁股!

曹　虎：（惊喜地）好!

马国威：走!

〔众造型。幕急落。

第三场　声东击西

〔紧接前场，当天夜里。伪镇公所门前。

〔幕启。狂风呼啸。

〔台右是伪镇公所石砌门楼，挂着“清平镇镇公所”木牌。台左露出窑背一角。远处窑舍隐约。

〔保警甲在门楼外，瑟缩地站岗。

〔潘营长手持马鞭从门楼内出，副官随上。

潘营长：（看看表，不耐烦地）牛秉儒怎么这时候还不回来！

保　甲：说是到刘家岔抓人去了……

潘营长：就知道抓人！粮食弄不到，抓人管什么用！一群蠢货！（想了想）好吧，他回来，让他连夜到营部来一下！

保　甲：是！（突然发现远处灯光）咦！他们回来了！

〔保乙挑灯引路，牛秉儒上，保丙押一中年妇女随上。

牛秉儒：噢——潘营长深夜驾到，有劳久等。请——

潘营长：算啦！粮食找到了吗？

〔保乙、保丙押妇女进院。

牛秉儒：（献媚地）找到了……

潘营长：（发作）为什么不早说！

牛秉儒：只找到了区区数担。

潘营长：（失望地）多少？

牛秉儒：二十担。

潘营长：二十担?！牛镇长！眼下正是大军进兵之日，粮草军需，十分贫乏。共军在这里藏的那批粮食，团部限你们十日之内，务必找到！

牛秉儒：十天?！

潘营长：还少?！（威胁地）大军无粮，贻误战机，你我可都担待不起啊！

牛秉儒：（面有难色）这……

潘营长：这二十担粮食，明日凌晨，立即送往团部！就这样！

〔潘傲然而去，副官持手电随下。

牛秉儒：（沮丧地）（唱）

潘营长催粮食一日三遍，

急得我牛秉儒如坐针毡。

游击队老百姓串连一气，

找粮食简直比登天还难！

〔远处突然枪声大作。牛秉儒惊慌失措。

〔潘营长急上，副官随上。

潘营长：怎么回事?！

牛秉儒：打电话问问……（正欲进院）

〔马五保失魂落魄奔上。

马五保：报告镇长！游击队偷袭我二郎庙供给站！

潘营长：人多吗？

马五保：你听！（枪声激烈）

潘营长：（对副官）去，带队伍立即赶往二郎庙！（副官应声下）（对牛秉儒、马五保）走！

〔牛秉儒、马五保随潘营长下。

〔保甲见牛秉儒等走远，四周巡视了一遍，打哈欠抱枪坐于石阶上打盹。

〔马国威、曹虎暗上，闪身贴在窑背上，观察动静。曹虎持大刀欲上前杀保甲，被马国威一把拉回。

〔马拾一石块撂入院内，保甲闻声猛然站起。

保　甲：（对着老马的所在，咋唬地）谁?!

〔保甲见没动静，又转身入院内搜索。

〔此时，曹虎闪身贴在门楼上。马持手枪逼住门楼方向。

〔保甲由内出，被曹虎一刀杀死。老马跑上门楼，见没有动静，挥手，众队员、群众纷纷上。

马国威：曹虎！你领大家去夺粮，行动要迅速！

曹　虎：好！（对众一挥手）走！

〔众随曹虎由右后方下。

马国威：我在这儿警戒，（对秋霞）你去把乡亲们放出来，要警惕！

秋　霞：是！（提红缨枪入院内）

〔马国威机警地巡视着四周。

〔乡亲们扛粮过场。

〔秋霞护送被牛秉儒抓去的乡亲过场。

〔突然台后枪响，手榴弹的轰鸣。

马国威：（催促大家）快！快走！

〔保乙、保丙提枪、披衣由院内奔出，被马国威当即击毙。

〔曹虎、杨顺德等各背许多缴获的枪支上。

曹　虎：（手持火把）老马！走吧！粮运完啦！

马国威：给我！（夺过火把）烧了它！（进院内）

〔曹虎拾起保乙、保丙的枪，发现门楼上的木牌，上前取下在石阶上摔为两截。

〔马由院内出。

马国威：走！

〔二人走至台左，回望院内，这时台右火光冲天，黑烟升腾。

〔二人兴奋地跑下。

〔马蹄声由远而近。

〔潘营长、牛秉儒、马五保上气不接下气地奔上。众见状，像泄了气的皮球，瘫软无力。

牛秉儒：（歇斯底里地）好哇！马国威！你闪得我一趟来回，两头扑空……

潘营长：又丢粮食又折兵……

三　人：咳！

〔切光。幕急落。

第四场　县委来信

〔麦黄时节，黄羊岭上。

〔幕启。

〔台右土坡旁有棵大槐树，台左通麦场。远处村舍依稀，灯光闪烁。

〔伴唱声中，连枷声声。

（伴唱）

山乡六月麦正黄，
村前村后连枷响。
快收快打快快藏，
不给敌人一粒粮！

〔游击队员、群众挑麦、扛粮，手持镰刀、绳索、扁担上下过场，一派夏收大忙景象。

〔马大娘提水罐由树后上。

马大娘：（对秋霞）秋霞！快放下喝点水吧！看这衣服都湿透了！

〔秋霞放下担子，准备喝水，突然发现马国威。

〔马国威挑麦子上。

秋　霞：（生气地）马政委！给你说过多少次了……

马国威：（莫名其妙）怎么……

秋　霞：你肩胛上的子弹……

马国威：噢！它呀！等打败蒋介石再让它出来吧！

秋　霞：不行！（夺担子）给我！

马国威：（阻止）哎——有了它，担起来才更有劲呢！（说着健步走下）

〔秋霞看着老马，急挑担追下。

马大娘：哎——水！（追下）

〔方英由树后上，站在坡上，喜悦地眺望远方。

方　英：（唱）

南风阵阵麦穗黄，
山乡一派好风光。
军民一心闹生产，
战斗的号声传四方！

乌云重重难遮天，
利剑劈水水流长。
炮火中青山春长在，
硝烟里五谷也飘香！

〔马国威、秋霞上，杨顺德、曹虎亦陆续上。

马国威：方英！打好的粮食，都埋好了？

方　英：好了。

马国威：对！时时记着坚壁清野！

杨顺德：新旧粮食他都吃不上，这一回呀——胡儿子的肚皮可贴到后脊梁啦！（众笑）

〔长山大爷急上。

长　山：老马！县委来信。（递信）

〔马国威拆阅，众注视。

众：　（惊疑地）怎么？

马国威：（愤愤地）孙月亭叛变了！

众：　　啊！……那粮食……

马国威：县委指示我们，把这批粮食立即转移！

杨顺德：这……

秋　霞：怎么转呢？

曹　虎：咳！（气愤地唱）

孙月亭投敌背叛党，
我心中冒起火万丈。
有朝一日抓住他，
定叫他刀下见阎王！

方　英：无耻叛徒！

马国威：同志们！（唱）

革命的道路不平坦，
征途上常有恶浪翻。
怕死鬼见风就转舵，
革命人奋臂挽狂澜！
任它征途风浪起，
挡不住革命的顶风船！

（白）同志们！县委来信说，孙月亭根本就不是我们的人……

众：　　那他……

马国威：他原是阎锡山汉奸组织“青年党”的骨干，一九四五年日本投降后，他伪造证件，混入我边区……

曹　虎：哼！等着吧！总有一天，非宰了他不可！

马国威：可耻的叛徒，决没好下场！（稍停）同志们！准备转移粮食。

杨顺德：能来得及吗？

马国威：能！有群众和咱在一起，就没有过不去的火焰山！方英！……

〔群众甲、乙上。

群众甲：马政委！同志们帮咱春耕、夏收，日夜操劳，大伙儿给你们绣了一面红旗……

马国威：夏收大忙时节，乡亲们够辛苦了……

群众乙：这是乡亲们的一点儿心意啊！

〔群众甲、乙展旗，伴唱起。

（伴唱）

红旗一面千颗心，
手捧红旗送亲人。
亲人举旗去战斗，
家乡处处传佳音！

〔伴唱中，马国威和方英将旗收下。

马国威：（手捧红旗）（唱）

接过鲜红的旗一面，
收下乡亲们心一片。
迎着风雨去战斗，
红旗飘飘在心间！

众战士：（接唱）

红旗飘飘在心间，
军民一心打胡蛮。
边区处处是战场，
誓与敌人巧周旋！

马国威：方英！我和同志们负责掩护，你带领乡亲们转移粮食！

方　英：是！

马国威：我们一定要赶在敌人前面！

众：对！一定赶在敌人前面！

〔众造型。

〔幕急落。

第五场　转移粮食

〔紧接前场，第二天下午。青龙砭上。

〔景同序幕。

〔二娃子正在搬石头垒工事。

〔幕在伴唱中徐启。

(伴唱)

　　　　革命红旗肩上扛，

　　　　边区人心向共产党。

　　　　跟着咱毛主席闹革命，

　　　　千难万险无阻挡！

二娃子：(对台内）马政委！你看我这工事行不行？

〔马国威上，看看二娃子的工事，又推了推。

马国威：嗯！还结实！不过短了点。

二娃子：好！我把“战线”拉长。(下)

〔曹虎抱着两颗地雷上，杨顺德随上。秋霞后上。

马国威：曹虎！你们中队的工事挖好啦？

曹　虎：好啦！

秋　霞：我们中队的也好啦！

马国威：好！等敌人来了，我们压得稳稳的，放他们全部进了沟，然后，听我枪声为号……

众：我们就封住沟口一起开火！

马国威：对！打他个人仰马翻！

曹　虎：那时候，你再看我这“西瓜”的威力吧！

马国威：对！靠后沟多埋些。

曹　虎：没麻达！够他们吃的。

杨顺德：六月天请人家吃“西瓜”——

秋　霞：让胡儿子尝鲜了！（众笑）

杨顺德：咳！敌人要是不来咋办？

马国威：不来？也好嘛！那就让他们以后来参观咱的空粮食窑好了！（众哄笑）

〔长山大爷高兴地跑上。

长　山：来啦，来啦！敌人已经出镇子啦！

众：多少人？

长　山：不少哩，大概有一个营，拿着铁锨、棍棒……准备抬粮食哩。

杨顺德：送死倒挺积极，啊？！

曹　虎：抬粮食？他的尸首还不知道谁抬呢！

马国威：曹虎！快把地雷埋上，立即进入工事，注意隐蔽，千万不要暴露目标。没有信号，不许开枪！

众：是！（下）

马国威：（望着山下，信心百倍地）哼！来吧！（唱）

青纱帐——
布下了天罗地网，
青龙砭——
是一道铁壁铜墙！
群山肃立静无声，

只有仇恨在枪膛！

〔方英上。

方　英：老马！咱们走吧！粮食已经转移了。

马国威：你们快走！敌人已经来了。

方　英：来了?！果然不出所料……老马！那我……

马国威：你们快走！粮食重要！这里有我们。你们一过黑龙口，立即把山口的便桥炸掉！

方　英：炸掉?！那你们……

马国威：我们自有办法，快去吧！

方　英：好！（急下）

〔二娃子急上。

二娃子：马政委！你看，敌人进沟了……

马国威：（注视山下）嗯……

二娃子：你看！还大摇大摆呢！

马国威：他摆不了多久了！

〔二人注视山下。

二娃子：打吧！

马国威：不行！

二娃子：（按捺不住）哎呀……可以啦！

马国威：别着急！

〔突然一声枪响。

马国威：（一惊）……

〔枪声稠密。

二娃子：哎呀！敌人都逃出去了……

马国威：……

〔杨顺德急上。

杨顺德：老马！……

马国威：刚才谁先放的枪？

杨顺德：曹虎。

马国威：……

〔曹虎、秋霞跑上。

曹　虎：敌人跑了……

马国威：曹虎！刚才是你先开的枪吗？

曹　虎：是。

马国威：你呀！……

曹　虎：老马！（唱）

抢粮的敌人进了沟，
叛徒孙月亭带着路。
一见仇人我眼迸火，
愤怒的烈火按不住。
恨不得，
恨不得一枪打死他。

马国威：（接唱）

可你暴露了目标，
却把大好的战机误……

马国威：（深情而关怀地）曹虎啊！（唱）

我们是人民的子弟兵，
为远大的革命理想而斗争。
征途上时时要牢记，
纪律是执行路线的保证！

曹　虎：……

马国威：同志们！敌人是不会罢休的……

秋　霞：现在怎么办？

马国威：（思索片刻）敌人退出沟，看来是要分兵包围我们，这青龙砭是敌人必经之地，曹虎、秋霞！你们两个中队，绕道过去选择有利地势，守住两侧山头，坚决顽强地阻击敌人！

曹　虎
秋　霞：（坚定地）是！

马国威：同志们！这是党和人民考验我们的时候，就是战斗到最后一个人，也要坚持到粮食过了黑龙口！

众：　　坚决完成任务！

马国威：（庄严地）准备！（音乐起）

〔众均下。

〔马国威举“第九支队”战旗上，坚定地插旗于地。

马国威：（在敌人稀疏的枪声中，注视着远方）

（在音乐声中，英武而坚定地唱）

脚踏着英雄的土地，
面对着战斗的风浪，
心潮翻腾——
像青河涨水高万丈！

曾记得，
在那苦难的岁月，
凶残的地主如虎狼，
夺走了土地抢走了粮……
穷人含恨无路走，
爹娘领我去逃荒……

风雪夜来到这青龙砭，
雪拌粗糠当干粮。
风雪紧，冬夜长，

大地茫茫暗无光。
夜冷风寒无遮盖，
可怜的爹爹把命丧……

（伴唱）

盼啊盼，
望啊望，
只盼着红日出东方！
只盼着红日出东方！

马国威：（接唱）

一声春雷震天响，
受苦人翻身见太阳！
毛主席来到陕甘宁，
云开雾散天大亮！
从此后——
我懂得了穷人为啥穷，
懂得了革命要武装。
青龙砭上我扛起了枪，
红旗下加入了共产党！

看见了红旗想起了党，
党给我一副铁肩膀。
上刀山，
踏火浪，
千斤重担一肩扛！
为了革命为了党，
粉身碎骨心欢畅！

〔战斗打响，马国威拔枪冲下。

〔台上“第九支队”战旗飞舞。

〔远处一声巨响，马国威和二娃子上。

马国威：二娃子！方英他们已经过了黑龙口，便桥已炸掉，你去通知曹虎他们，立即撤退！

二娃子：是！（跑下）

〔曹虎、秋霞、二娃子上。

曹　虎：这就撤?!

马国威：撤！你跟我留下掩护，秋霞你带队伍立即转移！

秋　霞：你……

马国威：快去！

秋　霞：哎！（下）

〔敌人逼近，马国威和曹虎迎击敌人。

〔激烈的音乐伴着紧张的战斗。

〔老马正投弹时，腹部中弹。

曹　虎：（奔向老马）老马！你负伤了！

马国威：别管我！去阻击敌人！

〔曹虎掷出手榴弹，马国威一手捧腹一手迎击。

曹　虎：我背你……

马国威：别管我！（取下公文包）给！把这交给方队长！我掩护，你快走！

曹　虎：不！我不能走！

马国威：曹虎！这是党的重要文件！

曹　虎：那我背你一起走！

马国威：曹虎同志！要顾全大局呀！去！快去！如果我牺牲了，你们一定要完成任务！

曹　虎：（万分沉痛地）

〔老马一枪放倒一个来近的敌人。

马国威：好同志！完成党的任务要紧！（说着夺过曹虎的手榴弹，冲到砭前，回头对曹虎大声喊道）

（又用牙咬开弹盖尽力投出）

〔曹虎无奈地猛然奔下。

〔砭下一声巨响，一道红光冲天而起。

〔马国威一手捧腹，一手持枪，屹立在红旗下。

〔《主题歌》起。

硝烟腾空风雷吼，
红旗引路我们走。
千重烟云锁不住，
滚滚青河水长流！

〔幕在歌声中徐闭。

第六场　奋斗不止

〔紧接前场，当天夜里。黑梢岭上。

〔景同第二场。

〔音乐声中幕启。

〔方英拨开丛林，慢步走上，期待地望着远方。

方　英：（殷切地）（唱）

登上黑梢岭，
望穿千重山，
心似火烧滚油煎。

（伴唱）

老马啊，老马！
你们在哪一个村？
你们在哪一条川？

方　英：（接唱）

你们是否，
冲出了敌人的包围圈？
一路上是不是都平安？

（伴唱）

为什么，

为什么月上高天，

还不见你们回还？

方　英：（接唱）

同志们恨不能生双翅，

飞到你们身边。

一同度甘苦，

奋力杀胡蛮，

携手并肩闯难关！

（伴唱）

一同度甘苦，

奋力杀胡蛮，

携手并肩闯难关！

老马呀，老马！

乡亲们
同志们　望穿双眼——

把你们盼！

〔秋霞暗上。

秋　霞：方队长！……马政委……

方　英：（摇摇头）……

秋　霞：（背身擦泪）……

方　英：（劝慰）秋霞，别哭……（强压辛酸）他们会回来的……

秋　霞：已经这时候了……

〔长山大爷上。

长　山：老马还没回来？

方　英：没有。

〔众焦虑地望着山下。

〔曹虎喊着“方英——”奔上。

众：　　（惊讶地）曹虎！老马呢?!

曹　虎：他！（取下公文包交与方英）（沉痛地）方英！（音乐骤起）

〔众沉默。

方　英：怎么回事?

曹　虎：（唱）

秋霞他们撤离后，
敌人冲到了山跟前。
我和老马正迎击，
他腹部不幸中了弹！

众：　　啊！

曹　虎：（接唱）

我要背他急转移，
他叫我快走莫迟延！
说着递给我公文包，
顺手又拿过手榴弹……

众：　　他?

曹　虎：（接唱）

我刚离开青龙砭，
只听得——
一声巨响震群山！
他……他……

〔众哀默，只有音乐在进行。

〔突然，马国威一手捧腹，大步奔上。

众：　　（愕然）

〔马国威站定，双手举枪，一语未发倒下，众急上前扶住。

众：　　（惊呼）老马！

〔马国威壮烈牺牲，音乐骤起。

方　英：（手捧老马留下的手枪，百感交集，声泪俱下地）政委！

（伴唱）

啊……

一声惊雷天地动，

英雄豪气贯长虹。

一腔碧血化朝霞，

血染战旗旗更红！

〔伴唱声中，众把队旗给老马盖上。

方　英：（一往深情地）（唱）

手捧着战友留下的钢枪，

心里头打起了层层热浪……

曾记得——

就在这里，

我们面对着满天星斗，

怀念着那——

杨家岭彻夜不灭的灯光。

众：　　（接唱）

你说过——

毛主席还在咱陕北，

风狂雨骤，

扑不灭燎原烈火燃四方！

方　英：（接唱）

曾记得——

青河畔上，

我们面对着满天朝霞，
畅谈着那——
未来美好的革命理想！

众：（接唱）

你说过——
蒋胡匪帮不长久，
革命红旗，
定要在祖国上空永飘扬！

众战士：（接唱）

乌云密布的夜晚，
你为我们，
站岗放哨到天明；

众群众：（接唱）

红霞似火的清晨，
你为我们，
扶犁撒种春耕忙！

曹　虎：（接唱）

忘不了啊怎能忘，
大槐树下，
你把阶级的仇恨对我讲，
句句话儿像火把，
烧在我胸膛！

方　英：（接唱）

忘不了啊怎能忘，
小油灯下，
你把革命的道理给我讲，
句句话儿像明灯，

把我心照亮！

众：　　（接唱）

你叫我们，
跟着红旗跟着党，
在这前进的道路上，
锻炼成革命的不锈钢！

（伴唱）

像那松柏根连着根，
像那长河浪接着浪。
我们朝夕在一起，
同走在一条大路上！

（男声唱）

在那急风暴雨中
你领我们出生入死战疆场；

（女声唱）

在那漫漫黑夜里，
你和我们一起盼天亮！

众：　　（接唱）

哪想到，
夜色退尽天要亮，
同志啊，
你却静静地，
躺在了我们身旁！

（伴唱）

老马呀，老马！
请你再来看一看，
看看我们曾战斗过的地方，

老马呀，老马！

请你再来听一听，

听听咱大青河的歌唱！

众：（接唱）

老马呀，老马！

你没有死，

你永远活在我们的心里，

你永远战斗在我们身旁！

方　英：（庄严地）同志们！成千成万的先烈，为着人民的利益，在我们的前头英勇地牺牲了，让我们高举起他们的旗帜，踏着他们的血迹前进吧！

〔众造型。闭幕。

第七场　完成任务

〔数日后，一天黎明前。青石沟。

〔伴唱声中幕启。

〔台上两侧青石嶙峋，远处山径逶迤，朝霞满天。

（伴唱）

一道道山来一道道梁，
一队队兵马强又壮。
万里青山万里营，
边区处处是战场！

山丹丹花开满坡坡香，
革命的精神大发扬，
跟定咱领袖毛主席，
万杆红旗迎曙光！

〔游击队员、群众运粮由远而近，穿行山间。

方　英：乡亲们！到青石沟了，放下歇会儿吧！

长　山：（扛粮）方队长！胡儿子还在后头追着呢！

方　英：追着就好哇！来，（接下粮袋）歇会儿吧！

〔张连长和数解放军战士上，和队员乡亲们亲热地交谈。

张连长：方队长！都到了吗？

方　英：都到了！

张连长：真快呀！

二娃子：我们一接到县委指示，就连夜起身了！

方　英：张连长！这批粮食，一粒不缺，全部送到！

张连长：好！（突然发现曹虎不在）哎！曹虎呢？

二娃子：在后头牵牛呢？

张连长：牵牛？……噢！哈哈……有这大力士牵牛，不怕他牛秉儒不来呀！（众笑）方队长！你们把粮食放到山背后去，这青石沟就是埋葬敌人的坟墓！

方　英：好！（带大伙扛粮下）

〔马大娘背粮上。

张连长：马大娘！你这么大年纪，怎么也来了？

马大娘：大什么，才六十一，消灭胡儿子，我心劲儿还大着呢！

〔曹虎、秋霞上。

曹　虎：张连长！

张连长：（上前与曹虎、秋霞握手）哎，你牵的牛呢？

曹　虎：那不是！（突然发现不见人）咦?！刚才还在屁股后呢，怎么一进沟不见了？

马大娘：怕是饿得爬不动了吧！

秋　霞：（开玩笑地）曹虎！快放枪嘛！

曹　虎：（一本正经地）哎,怎能放枪呢?！那不把敌人吓跑啦？（众哄笑）（恍然大悟）咳……这女子！……（众笑）

张连长：走！咱们隐蔽起来，敌人一定会来的！

〔众下，空场。

〔在杂乱的音乐声中，马五保、牛秉儒、孙月亭等追上。

马五保：咦！我看着他们进了沟，刚喘了口气怎么又不见了?!

牛秉儒：奇哉！怪哉！

楸树上结了蒜薹！（唱）

游击队扛粮前头走，

我汗流浃背后边跟。

眼看那粮食就到手，

为什么突然不见人?!

（思索）……噢——莫非又逃了——

〔枪声突起。喊声一片，敌人惊慌失措，乱作一团。

马五保：不好啦！我们钻到共军口袋里了。

牛秉儒：（发疯地）好哇！姓孙的！（执枪）你和共军串通一气，要我的命！

孙月亭：（吓得魂飞魄散，向崖边退着）不不，这……这是误会……

牛秉儒：（凶狠地）误会！这也是误会！（击毙孙月亭于崖下）

〔枪声大作。

〔潘营长等退下。

〔张连长率众解放军战士回击。

〔方英率众游击队员回击。

〔双方展开激烈的搏斗。

〔马五保、潘营长在搏斗中被击毙。

〔数匪兵、保警队员缴枪投降。

〔张连长从台内抓出牛秉儒。

张连长：曹虎同志！把这血债累累的反革命押下去就地执行枪决！

曹　虎：是！就地执行！（对众队员）走！

〔众拉牛秉儒下，其余人押俘虏下。

〔两声枪响。

〔一道红光照山梁，众队员、乡亲们扛粮，在山梁上成一剪影。

〔一轮红日，从远山喷薄而出。

方　英：张连长！你看！（指山上）我们又出发了！

张连长：好！你们的任务，完成得非常出色！谢谢你们！

方　英：张连长！再见！

张连长：再见！

〔二人紧紧握手、亮相。

〔《主题歌》起。

硝烟腾空风雷吼，
红旗引路我们走。
千重烟云锁不住，
滚滚青河水长流！

〔幕在歌声中徐闭。

——全剧终——

一九七二年八月二十日

＊此剧本由闻频执笔。

人生

（电影文学剧本）

干裂的麦茬地上，几棵小草在微风中摆动。

字幕：

人生的道路虽然漫长，但紧要处常常只有几步，特别是当人年轻的时候。

没有一个人的生活道路是笔直的，没有岔道的。有些岔道口，譬如政治上的岔道口，事业上的岔道口，个人生活上的岔道口，你走错一步，可以影响人生的一个时期，也可以影响一生。

片名及职员表。

上集

第一章

紧接片头，麦茬地上传来单调的镢头挖地声。翻过的土壤。落在地上的镢头。我们渐渐看见这是高加林。他赤脚光背，裤子挽在大腿上，机械地抡着镢头，挥汗如雨地拼命挖着。远处，德顺爷正在吆喝着牛犁地。离高加林不远的地头上放着一罐水。

川道玉米地。玉米地中间的小路边上，放着水桶和一些零乱的衣服、各式各样的鞋。

玉米地里，一群妇女正在锄地。对面山坡上传来加林的挖地声。有几个锄地的妇女向对面山坡上望了望，议论起来。

妇女甲："唉，把娃娃熬累坏了！"

妇女乙："高明楼也太不讲理了，人家加林教了三年书，他儿子刚毕业，凭什么把人家挤下来？"

妇女甲："加林不是年年在全公社评头等教师？"

妇女乙："是模范教师！"

妇女甲："噢，模范……"

妇女丙："模范顶个屁！而今有后门比啥都吃得开！"

妇女甲："想不到还有这么不讲理的事。"

妇女丙:“怎想不到?你好像是个吃奶娃!”

锄地的人哈哈大笑。妇女甲瞪了妇女丙一眼:“龟子孙……”

只有一个姑娘没有笑。她是巧珍。在众人议论的时候,她只是低头锄地。

现在她把锄栽到地里,赤脚片穿过玉米地,走到地头的水桶边。

她拿缸子在桶里舀了一点水,抿了几口,怔怔地望着对面山坡上挖地的高加林。

麦茬地。加林仍然在挖地,犁地的德顺爷朝加林那里瞥了一眼。加林手上的血染红了镢把。德顺爷停住牛走过来,强行制止他。

德顺爷:“啊呀,你这个犟小子!再不敢耍二杆子了!”他从地上抓了一把黄土抹在加林的烂手上!“黄土是止血的……刚开始劳动,一定要把劲使匀,往后的日子长着呢……”

加林:“德顺爷,我一开始就想把最苦的都尝个遍,以后就什么苦活也不怕了……我现在思想上麻乱得很,劳动苦一点,皮肉疼一点。我就把这些不痛快事忘了……手烂叫它烂吧!”他显出对自己残酷的表情,抡起镢头又拼命挖起来。

德顺爷无可奈何地叹了一口气,过去把水罐拿来放在加林的身边。

川道玉米地。巧珍仍然怔怔地望着对面山坡。对面山坡上镢头挖地的声音震动着她的心。

玉米地下面传来刘立本的声音:“噢——巧珍!噢——巧珍!”

巧珍赶忙躲进玉米林里。

玉米地下面传来高明楼的声音:“亲家,吼叫啥哩?”

立本的声音:“马店的马拴来相亲,这死女子躲着不见人家……”

明楼:“你现在叫她干啥?一会就收工了嘛!”

立本："唉……"

玉米地里。妇女和巧珍开玩笑。

妇女丙："巧珍，还不赶快回去看你女婿去？"

妇女丁："马拴，马拴，马上就把你拴住了！"

妇女们哈哈大笑，巧珍撵着给她们扬土、打闹。

村口。明楼和立本相跟着往村里走。

立本："三星教上书了？"

明楼："嗯。"

立本："还是你这大能人有办法。"

明楼："好亲家哩，我如今可比不上你二能人，做生意，跑买卖，票子挣得都让人眼红起了！"

立本："亲家，大路通天，各走一边。你掌你的权，我挣我的钱！"

两个人说笑着走进了村子。

高家沟村庄的全景。一柱柱炊烟从参差不齐的村舍里升起来。

德顺爷吆着牛，加林扛着镢头，相跟着往村子里走。

德顺爷吆着牛往饲养室走去，加林一个人扛着镢头走到村中的桥头上。

马拴推一辆花红柳绿的自行车迎面走来。

马拴："高老师，学校已经开学了，你怎还在家里？"

加林："我已经不教书了——你打扮得像新女婿一样，干啥去了？"

马拴不好意思地看了一眼自己的那身扎眼的新衣服，说："看媳妇去了……"

加林："谁？"

马拴：“刘立本的二女子。”

加林开玩笑说：“那你把这川道里的头梢子拔了。你不听人家说，巧珍是‘盖满川’吗？”

马拴：“果子是颗好果子，就怕吃不到咱嘴里！”

加林和马拴都笑了。

玉米地间。锄地的妇女都回家去了，巧珍一个人呆呆地坐着。

巧玲手里拿着一本书向她这边走来。

巧玲走到巧珍跟前说：“二姐，快回去吃饭。”

巧珍：“马拴走了没有？”

巧玲：“走了。”

巧珍站起来，和巧玲相跟着穿过玉米地。

中午。立本家，巧珍把锄头扔在院墙角，气呼呼地进了窑洞。

巧珍母亲和巧英在做饭，立本正在点一卷钱。

立本：“你怎才回来？人家马拴三一回五一回地跑，你就歪好不能和人家见一次面？你是个什么值钱人？你……”

巧英妈：“娃娃劳动刚回来，连口气也喘不过来，你就数落娃娃，你就……就你能！”

巧珍一句话也不说，出了窑洞。

巧珍的窑洞。她正洗脸，巧英掀门帘进来。

巧英：“珍珍，你二十多岁的人了，又不是个娃娃。你同意不同意，就不能和人家见上一次面……”

巧玲过来倚在门框上，说：“大姐，你管什么闲事哩？”

巧珍：“爸给你寻了个好人家，你好你的去，你管我的什么事？……你说说，你公公还是个人吗？人家加林教了三年书，是全公社的模范，你公公把人家下了，走后门叫他儿子上，霸道成个啥了！”

巧玲："三星在中学学得一塌糊涂，数学常吃零蛋，还能当教师哩？"

巧英："哟，看把你两个正派的！人家的狗往外咬哩，你两个专门咬自己人！……这事也不能光怨我公公，是公社教育专干马占胜办的……"

巧珍："你公公和马占胜穿的是连裆裤！"

巧玲笑了。

巧英气呼呼地转身出了巧珍的窑洞。

明楼家院子里。巧英和明楼妻在院墙角推磨。

明楼蹲在地上，手捉着气门嘴，三星正一晃一晃给自行车打气。

明楼："自行车过两天就要擦一擦……你再不敢吊儿郎当了！你老子好不容易才给你谋了这一个位位，你再胡闹腾，老子可是再不管你了……你听见了没？"

三星正不知往远处看什么，赶忙回答："听见了……"

明楼拔下气管，手指头抹了点唾沫，擦在气门嘴上，看漏不漏气。

夜，高玉德家。外面有稀疏的风雨声。

加林妈坐在灶火圪塄，炉灶里火的微光映照着她的白发和皱纹脸。她在轻轻抽泣，高玉德赤脚片蹲在炕上，凑着煤油灯吸着了一锅烟。一只老黄猫在炕头打呼噜。

高加林仰靠着一摞铺盖，瞅着窗户。雨点从窗户纸的破洞里打进来，洒在了窗台的石板条上。

窑洞里静悄悄地没有声响，笼罩着一种沉闷的气氛。

加林猛地从铺盖上挺起身，眼里闪着怕人的凶光，吼叫起来："妈，你哭什么！我豁出这条命，也要和高明楼小子拼个高低！"

加林说着便从炕上跳下来。

他父亲也惊慌地跳下炕，捉住了他的一条胳膊；他母亲跑过来，把身子抵在门板上，堵住了儿子。

加林急躁地说："哎呀呀！我不是要去杀人嘛！我要写状子告他！妈！你把我的钢笔拿来！"

高玉德："我的小老子！你可千万不敢闯这乱子！人家通天着哩！"

加林妈："你告他，咱家家人往后就没活路了……"

加林："咱这人活成啥了！我不管顶事不顶事，非告他不行！"

加林竭力要从父母衰老的手里挣脱出来，他母亲却死死拽住他不放。

加林妈哭着央告说："好我的娃娃哩，你再犟，妈就给你下跪呀！"

加林一把扶住快要栽倒的母亲，伤心地说："妈妈，你别这样，我……不告了……"

一切慢慢又平静下来。加林妈又坐在了灶火圪塄。加林靠在炕栏石上沉默不语。

高玉德握烟锅的手哆嗦着，对加林说："你不光不敢告人家，往后见了明楼，要叫人家叔叔！脸不要沉，要笑！"他回过来又对加林妈说："加林妈，你往后见了明楼家的人，要给人家笑脸。明楼今年没栽起茄子，你明天把咱自留地的茄子摘一筐送过去，可不要叫人家看出咱是专意巴结人家啊……你听见了没？"

加林妈在灶火圪塄应承了一声，便伤心地哭出声来。

高加林沉重而痛苦地低下了头。

白天。村外一条大沟。山梁上有犁地的人，沟坡上羊群在漫游。加林在山坡一块麦地畔上挖着。

巧珍从远处沟坡的蜿蜒小路上走来，唱着带野味的甜美的信天游：

上河里（那个）鸭子下河里鹅。
一对对（那个）毛眼眼望哥哥。

巧珍提着猪草筐，抬头向加林那里望去。

加林正在埋头挖地。

巧珍路过地畔边，怯生生地喊了一声：“加林……”

加林回过头来。

巧珍从草筐里摸出两个甜瓜，放到地畔上，说：“我们家自留地……我种的……”

加林没说话，点点头，又挖起地来。

黄昏。村口。

加林扛着镢头，和父亲相跟着进村。加林要过父亲的旱烟锅吸了一口，呛得直咳嗽，又把烟锅还给父亲。

高玉德叹了一口气，说：“我思谋了一下，明儿个县城遇集，干脆叫你妈蒸上一锅白馍，你提着卖去，这说比劳动苦轻，还能给你买条纸烟哩……”

加林没有说话。父子俩在暮色中进了村。

夜。加林家。

加林靠在铺盖卷上看书。母亲站在脚地下，手在炕上摩挲一件黄军衣。

高玉德一边抽烟，一边用手摸着赤脚片。他看了一眼黄军衣，说：“这不是他二爸捎回来的那件衣服吗？”

加林妈：“噢，就是的……”

玉德思谋了一会，说：“就听说他二爸在新疆部队上把官熬大了。……听说是个副师政委？唉，还不如让加林到新疆寻他二爸，看能不能找个营生……听说那里人口稀，好找工作……”

加林不看书了，听父亲说话。

加林妈：“路那么远……娃娃又没出过远门，人怎能放心……我不让……”说着便用围裙擦眼睛。

加林一句话也没说，又看起了书。

第二章

早饭后。大马河川通往县城的简易公路。

熙熙攘攘涌动着的庄稼人和各种职业的工匠，大路上扬起了一股又一股黄尘。

刘立本熟练地骑在光脊梁驴背上，正一只手扳着另一只手的指头，和他旁边的马拴说着什么。马拴自行车后面带着两筐哼哼唧唧的猪娃，和立本投机地谈着大概是生意一类的话题。

巧珍骑车出现在公路上。她看见了父亲和马拴的背影，从他们身边骑过去了。立本喊她，但她头也不回。

巧珍骑车看见了人流中的高加林。他正提着蒸馍篮子，在人群中垂头丧气地走着。

巧珍骑车经过了高加林的身边……

加林提着篮子在公路上走着。他的眼前都是肩挑手提的庄稼人。他看见一个老太婆也像他一样挽着一篮子馍，在他不远处走着……

他的脸在痛苦地抽搐着。

大马河桥头。

加林提着蒸馍篮子来到拥挤的桥头。

一辆吉普车使劲地按着喇叭从后面驶来；一辆满载蔬菜的架子车横在路面上急忙躲不开。加林过去帮助把车推到路边。

吉普车飞快驶过去，扬起满天灰尘。

汽车站外面的马路上。

加林提着篮子走过来，猛一下怔住了。

一男一女向他热情地迎过来。这是黄亚萍和张克南，他中学的同班同学。

他们先后与加林握手。

克南："你提个篮子干啥去？"

加林撒谎说："去走个亲戚。"

亚萍："加林，你真不简单！我看见你在地区报上发表的那几篇散文啦！文笔很优美，我都在笔记本上抄了好几段呢！"

克南："你还教书吗？"

加林摇摇头："被大队书记的儿子挤下来了，现在当社员。"

亚萍焦急地说："那你学习和写文章的时间更少了。"

加林："不，不是有一个诗人说，我们用锄头在大地上写下了无数诗行吗？……"

三个人都笑了。

加林问克南："你还在副食公司当保管吗？"

亚萍嘲弄地说："高升了！当了门市部主任！不过前面还有个副字！"

克南尴尬地笑笑，说："以后买什么烟酒一类的东西，你来……"

亚萍："下午有空，到我们广播站来坐坐，你知道我也爱好文学，可这几年光耍嘴皮子了……很想请教你……"

加林："你们现在位置高了，咱区区老百姓，实在不敢高攀！"

张、黄都有点尴尬。亚萍说："你还是那个犟脾气！"

车站传来让旅客进站的广播声。

加林向他们点点头，向集市上走去。

马路上。

克南和亚萍往车站走。克南给亚萍说着什么，后来发现身边没人了。他看亚萍回过头正向加林那里望去。

街道上。

加林在拥挤不堪、喧嚣如蜂群的人群里挤着。他眼前出现宁静的中学教室。他在黑板上解一道数学题，亚萍和克南在桌子边看他解题。

他在人群里挤着。

中学操场上，他教亚萍投篮。

他在人群里挤着。

傍晚清爽的林荫道上，他和亚萍、克南谈笑风生地散着步；亚萍妩媚地对他微笑。

他在人群里挤着，听见马占胜的声音："高加林！高加林！"

他抬头用目光在人群里搜索。

马占胜好不容易挤过来。

占胜："加林，你提个篮子干啥？"

加林没说话，从篮子里取出一个馍，怀着一种恶意往马占胜手里塞。

占胜尴尬地推挡着，说："加林……唉！你一定心里恨我马占胜！其实，我马占胜哪有那么大牛皮！高明楼和咱公社张书记是多年的老交情了……下你的教师虽然是我在会上宣布的，可并不是我决定的嘛……"

加林："老马，我知道……你不要说这事了……"

占胜："我现在调到县劳动局，算是提拔了，当了个副局长，刚上任，忙得鬼吹火！你来玩！……"

占胜像逃避什么似的走了。

加林继续从街道上挤过去了。

交易市场。

菜市、猪市、牲口市、熟食摊和杂货摊为主，组成了一个闹哄哄的世界。人头攒动，市声连天。

巧珍在人群里挤着，张望着。

她发现了人群中的高加林。

加林提着篮子在人群里瞎挤。

他走过熟食的摊贩群。所有的男女摊贩都在吆喝着招徕顾客。一名打扮得流里流气的长发青年，自行车上挂着一些花花哨哨的衣服，向顾客推销。

一阵黄风扬起，一名摊贩用勺子在锅沿上磕了几下，逗趣地喊叫说："快来呀！又加一味！"

周围的人在黄尘中微笑。

加林捱了捱盖在馍篮上的毛巾，继续盲目地在人群里挤。

巧珍不远不近盯着他，也在人群中挤。

加林靠在一根水泥电杆上，沮丧地闭住眼睛。

人群中的巧珍眼里涌出了两颗泪珠。

文化馆阅览室门前。

加林提着篮子进了阅览室。

巧珍从后边撵来，见加林进了阅览室，只好在对面的一个小铺里装着买东西，等加林出来。

阅览室里。

加林坐在花栏椅上，身边堆了许多报刊杂志。他正兴奋地看画报。

画报上现代化的城市五光十色。

阅览室外面。

巧珍向阅览室门口张望着。

阅览室里。加林陶醉在画报中：他似乎看见画报上的火车汽笛长鸣，正在启动；巨大的客机呼啸升入碧空……

阅览室工作人员的声音："同志，已经下班了。"

加林从梦幻中惊得抬起头。

他过去提起了馍篮。

下午，大马河桥头。

加林垂头丧气地提着馍篮走到桥头。

他看见巧珍立在桥头，用手帕扇着脸，旁边撑着她家的自行车。

巧珍走到他面前，精神有点紧张地问："加林，你是不是卖馍去了？"

加林奇怪地看了她一眼，说："嗯……你也赶集去了？"

巧珍揩着脸上的汗，说："嗯……我来赶集……一点事也没……加林，"她突然转过脸，"我知道你一个馍也没卖掉！我知道哩！你怕丢人！你干脆把馍给我，让我给你卖去！"

巧珍从加林胳膊上夺过篮子，放在她自行车的后座上。

加林还没反应过来是怎么回事，巧珍骑着车子已经向县城跑去了。

加林迷茫地来到桥边上，手在栏杆上摸来摸去。

街道上。

巧珍兴奋地骑着车子飞驰而过。

巧珍姨家。

巧珍一边给她姨往盆里拾馍，一边对她姨说："……大姨，这是新麦面的，我妈让我送你们尝尝……"

巧珍飞快拾完馍，提起空篮子就起身。

她姨撵在门口，说："吃了饭再走嘛……"

巧珍已经出了院子，回过头说："不了，天都快黑了……"

巧珍姨家院门外的路边。

一位妇女抱着小孩，小孩的胖手正在按巧珍自行车上的铃铛。

巧珍走过来，在孩子的脸蛋上热烈地亲了一口。

她跨上自行车向大马河桥的方向赶去。

大马河桥上。

加林扶在桥栏杆上，望着远方。

县河波光闪闪，辉映着夕阳明亮的光芒。

河边洗衣服的城市妇女，正收拾岸边草地上花花绿绿的衣服床单。

一群光屁股小孩身上糊着泥巴，在河滩上追逐戏耍；扑通扑通跳入水潭中。

加林无意识地微笑了。即刻，他的神色又变得严峻起来。

他回过头，看见巧珍正骑着车子向这边走来。

大马河桥上。

巧珍把车子撑在路边，走到加林面前，掏出一卷钱递给加林，说："一毛钱一个，你点点，看对不对？"

加林接过钱，惊讶地看着巧珍，不知说什么，他终于结巴着说：

“巧珍……你……真能行！”

巧珍不好意思低下了头。

加林：“你赶快骑车回去，太阳都快落了。”

巧珍过去推起了车子，说：“咱们……一块走。”

加林为难地说：“我骑车带人不行，怕把你摔了。”

巧珍亲切地看了加林一眼：“我带你！”

加林：“啊呀，那怎么行呢……”

巧珍：“干脆，咱别骑车，走着回！”

加林为难地看了巧珍一眼。

巧珍执拗地看着他。

加林只好过来帮她推车，巧珍肩膀把他碰开，说：“你累了，我来推！”

傍晚。通往高家沟的简易公路上。

加林和巧珍局促地相跟着在公路上走。

太阳正在落山。西天上红色的霞朵；山尖上一抹淡黄的阳光；暗影笼罩的川道；绿色海洋般的庄稼；山坡上滚动着的白色的绵羊群……

黄昏。公路上。

巧珍和加林错开一点距离。一前一后走着。

巧珍不时弯过身子，想和加林说什么，又不好意思转过身去。

巧珍终于开口说：“高明楼心眼子真坏，什么强事都敢做。”

加林奇怪地看了她一眼，说：“他是你们的亲戚，你还能骂他？”

巧珍大胆地回过头看了加林一眼：“谁和他亲戚？他是我姐姐的公公，和我没一点相干！”

加林笑了笑：“你敢在你姐面前骂她公公吗？”

巧珍："我早骂过了！我在他本人面前也敢骂！"

巧珍故意放慢脚步，让加林和她并排走。

加林走上前来，说："高明楼心眼子怎个坏？我还看不出来。"

巧珍停住脚步，愤愤地说："加林哥，他走后门把你的教师下了，让他儿子上，看现在把你愁成啥了？"

加林也停住脚，怔怔地看了巧珍一眼，叹了口气，又往前走。

夜。巧珍和加林继续在公路上走着。

黑黝黝的山峦；朗朗的流水声和青蛙的鼓噪声。

公路上传来他们的说话声。

巧珍："他做的坏事老天爷知道，将来会报应他的。加林哥，你不要太熬煎，你这几天瘦了……其实，当农民就当农民，天下农民一茬人哩……咱农村有山有水，空气又好，只要有个合心的家庭，日子也会畅快的……"

加林："我上了两天学，现在要文文不上，要武武不下，当个农民，劳动又不好，将来还把老婆娃娃饿死呀……"

加林说完，嘿嘿地笑了。

夜，公路上。加林推着自行车，巧珍走在他身边。

巧珍猛地停住脚步，扬起头看着加林说："加林哥，你如果不嫌我，咱们两个一搭里过！你在家里呆着，我给咱上山劳动！不会叫你受苦的……"

巧珍低下头，一只手扶着车把，一只手扯着衣服边。

加林猛地惊呆了。

过了好一会，加林才结结巴巴说："天黑了，咱们……走吧……"

他们又慢慢并肩往前走。

加林："你怎猛然想起这么个事？"

巧珍停住脚步，说：“怎是猛然呢……”

泪水从她眼里涌出来。

加林看着她，把自行车“啪”地撑在公路上，两只手在身上神经质地摸起来。

巧珍看他这副样子，破涕为笑，过去在车后面的花提包里掏出一盒烟，递到加林面前。

加林惊讶地看着她。

巧珍：“快抽上一支，我给你买了一条哩！”

加林亲切地看着她，接过了烟。

巧珍又拿出一个小瓶递到加林手里。

加林莫名其妙地接过来在鼻子上闻了闻：“碘酒？”

巧珍点了点头，说：“回去抹在手上……”

加林说：“你怎么知道我的手烂了？”

巧珍妩媚地一笑，说：“我就是知道！你们先生的手真娇气……”

加林走近她，喜爱地看着她。

他们胆怯地拥抱在一起。

夜。村口河湾里。

他们相对相立，自行车放在一边。

巧珍：“加林哥，你再亲我一下……”

加林在她脸上亲吻。

第三章

夜。加林家。

加林躺在炕上，辗转反侧，睡不着觉。

夜。巧珍的窑洞。

巧珍也翻过来调过去睡不着。

巧玲迷糊着问：“二姐，你怎么啦？是不是病了？”

巧珍在黑暗中微笑着说：“没……你睡你的……”

夜。加林家。

加林躺在炕上，在黑暗中大睁着眼睛。

加林的画外音：“我似乎匆忙地犯了一个错误……我目前这样的处境，根本不是谈情说爱的时候。再说和一个没文化的农村姑娘结合在一起，我一辈子不就要拴在这土地上了？这简直是一种堕落和消沉的表现……

早晨。

巧珍坐在埝畔上纳鞋底，看见加林挑着桶去井边担水。

巧珍赶忙转回家去。

巧珍换了一身新衣服，端着洗衣盆向井边走去。

加林提着水在她不远处走过，竟然没有理她。

她不知所以然地望了他一眼。

傍晚。麦茬地。

德顺爷正手把手教加林学犁地。

这时候传来巧珍甜蜜的信天游：

上河里（那个）鸭子河里鹅……

歌声在山水间悠悠飘荡。

川道的玉米地里，妇女们正在锄地。巧珍的歌声在继续着：

一对对（那个）毛眼眼望哥哥……

巧珍唱完歌，朝对面山坡上深情地望了一眼。

麦茬地。

加林全神贯注跟德顺爷学犁地，对一切都漠不关心。

川道玉米地里。

巧珍难受地轻轻叹了口气。

妇女丙："巧珍，马拴又来了！"

妇女丁："快用你的毛眼眼望一下！"

妇女们都哈哈大笑，巧珍生气地拿土块撵着打她们。

黄昏。

巧珍肩着锄在大马河边等加林。

加林从河对面走过，没有理她。

黄昏。玉米地中间的小路上。

巧珍扛着锄头走过，似乎用手在抹眼泪。

夜。加林家。

炕上放着一碗没动筷子的面条。

加林靠在一摞铺盖上。

巧珍家院外。

巧珍站在埝畔上怔怔地望着加林家的院落。

加林家的破墙烂院。

灯光摇晃的窗户……

加林家的窑洞。

加林仍然忧伤地靠着铺盖卷。

他眼前现出他和巧珍在一起的几个镜头，一切是那么甜蜜和美好……

他对隔壁窑洞喊：“妈，我有个事出去一下……”

他跳下炕，吹灭了油灯，打开了门。

加林过了桥，走到巧珍家的坡底下站住，犹豫着不知怎样把巧珍叫出来。

他看见巧珍突然从她家埝畔上的树背后转出来，下来了。

他转过身，向沟外走去。

他一边走，一边回头看。

巧珍不远不近地跟在后面。

夜。村外杜梨树下。

加林枕着自己的手掌仰天躺在树下。他听见那甜蜜的脚步声正沙沙地走近他。

巧珍来到他跟前，他坐起来。

巧珍稍犹豫了一下，就胆怯地、然而坚决地靠着他坐，摸索着在他肩头衣服的破绽处亲了一口，抱住他的肩头亲热而委屈地啜泣起来。

加林侧身抱住她，眼里也涌满了泪水。

夜。杜梨树下。

加林巧珍依偎在一起。

巧珍："加林哥，你这几天为什么不理我？"

加林表情复杂地说："你……一定难过了。"

巧珍："你知道人的心就对了。"

加林："我……再不那样了。"

巧珍："你给天上的神发誓！"

加林笑了："你真迷信……你相信我……你为啥没穿那身新衣服？那衣服你穿上特别好看。"

巧珍："我怕你嫌不好看，才又换上了这身。"

加林："你明天再穿上。"

巧珍："嗯。只要你喜欢，我天天穿！"

巧珍突然记起了什么，从身后拿出一个小包来。

她拿出几个煮鸡蛋，剥了皮，递给加林。

加林狼吞虎咽地吃，巧珍在剥鸡蛋皮。

巧珍："我知道你晚上没吃饭。我们这些满年劳动的人，刚回家都累得不想吃饭，别说你了。……你要是不找我来，我今晚上非要把鸡蛋送到你家不可！"

加林一边吃，一边开玩笑说："千万不敢这样，让你爸知道了，小心把你腿打断！"

巧珍柔情地说："加林哥，我看见你比我爸我妈还亲……"

加林笑了，把半个鸡蛋塞进嘴巴，用胳膊紧紧搂住了她。

白天，麦茬地。

加林跟在德顺爷后面，愉快而熟练地犁地。

白天，川道豆田里。

男女社员正在锄地。

加林和巧珍设法凑在一起，用眼睛在说一些外人不知晓的话。

田野里的休息场地。

众人在嬉笑打闹。

加林在老练地抽着旱烟锅。

加林和一些中年妇女打闹。

他看来已经把自己变成一个地道的农民。

中午。加林家的院子。

加林正乒乒乓乓拉风箱。她母亲在蒸馍。

中午，加林家的自留地。

玉德老汉在锄地。加林扛着锄头上了地畔，玉德老汉高兴地看着他。

他和父亲一块锄地。

夜。村外庄稼地中间的小路。

加林拉着巧珍的手亲热地说着话，走着。

夜，高粱地里。

加林和巧珍依偎着躺在一起。

朗朗的水声。

远山的剪影。

星光灿烂的夜空。

早晨，巧珍家埝畔上。

巧珍蹲在那里，不灵活地在刷牙，周围围了一些小孩和几个无聊的老头在看“西洋景”。

巧珍家坡下。

立本正赶着几头牛往上走。

他看见刷牙的巧珍和围观的人，脸拉下来。

巧珍家埝畔上。

立本走近刷牙的巧珍，喝骂道：“不要脸的东西！还不快滚回去，给老子跑到门外丢人来了！”

孩子们和老头们都尴尬地跑了。

巧珍委屈地站起来，说：“爸，你为啥骂人哩？我刷牙讲卫生，有什么不对？”

立本：“狗屁卫生，你个土包子老百姓，满嘴的白沫子，全村人都在笑话你这个败家子！你羞先人哩！”

巧珍："老百姓连个卫生也不能讲了？我就要刷！"

"你……"立本回过头，看见那几头牛正在啃菜，撒开腿就跑。

菜园里。

立本气急败坏地赶牛。

巧珍家的窑洞。

巧珍把牙具放在柜子上。

巧珍妈："珍珍，以后你就在咱家里刷，不要跑到外面去嘛，村里人笑话哩！"

巧珍赌气地说："叫他们笑话去，我就要到外面刷！"

巧珍妈无可奈何地叹了一口气。

中午，村子后沟里。

德顺爷赶着牲口，加林扛着犁具，相跟着从山路上往村子里走。

前面的德顺爷突然开口说："加林，你要媳妇不？"加林笑了笑，"想要也没合适的。"

德顺爷："你看巧珍怎样？"

加林窘迫得一下不知该说什么。

德顺爷："我看你们两个最合适！巧珍长得俊，人品又好，你们两个天生的一对！你这小子有眼光哩！"

加林有点恐慌地说："德顺爷爷，我连想也没想。"

德顺爷："小子，甭哄我，我老汉看出来了！"

加林："好爷爷哩，你千万不敢瞎说！"

德顺爷："我嘴牢得铁橇都撬不开，我是为你们两个娃娃高兴啊！好啊，就像旧曲里唱的，你们两个——"他唱道："实实的天配就……”

加林不好意思地笑了。

村口桥头。

加林扛着犁具往家走。

马拴穿戴一新，推着那辆花红柳绿的自行车把他堵在桥头。

马拴：“犁地去了？”

加林点点头：“嗯……”

马拴：“……高老师，唉……我在刘立本家都快把腿跑断了，人家巧珍就是不露面嘛！我这见庙就烧香哩，你是本村人，又是先生，你能不能也从旁给我出一把力？”

加林不痛快地笑了笑，说：“你别再瞎跑了，巧珍已经有对象了。”

马拴吃惊地问：“谁？”

加林：“你慢慢就会知道的。”

夜，村外打麦场的麦秸垛后面。

加林躺在麦秸上，巧珍依恋在他身边，用手梳理着加林乱蓬蓬的头发，嘴里哼着信天游：“鸡蛋壳壳点灯半炕炕明，浇酒盅盅量米不嫌哥哥穷……”

加林：“你再唱上河里鸭子……”

巧珍嘴巴贴在加林耳朵边，轻轻地唱起了这首歌。

巧珍的歌声中，加林拉起了响亮的鼾声。

巧珍摇醒他，心疼地说：“看把你累成啥了，你明天歇上一天！”

她把他的手拉过来堵住她的眼睛，说：“等咱结婚了，你七天头上就歇上一天！我让你像学校里一样，过星期天……”

麦秸垛上面的草丛里一个孩子“噢”地叫了一声。

加林和巧珍一惊。

一群孩子嘻嘻哈哈地跑了。

第四章

白天。立本家的窑里。

立本家正在打架。

立本手里举着一只鞋，扑着打巧珍，嘴里喊着：“你这不要脸的东西，和高玉德的败家子儿鬼混……全村人都在传播……”

巧英、巧玲和巧玲妈护着巧珍，和立本扭结在一起，连哭带喊。

立本把鞋扔过去打巧珍。

鞋扔进水瓮里，打落了马勺，溅起一片水花。

白天。加林肩搭绳索，手里提把镰刀从村中的桥上走过去。

一些人家的埝畔上，做活的妇女指划着他，相互挤眉弄眼。

白天。加林家自留地。

玉德老汉正在锄地，立本立在他对面。

立本手指头指着玉德老汉说：“你要是再不管教，叫我碰见他胡骚情，非把他小子的腿打断不可！”

玉德老汉勃然大怒，烟锅头子指着立本戴白瓜壳帽的脑袋，吼叫说：“你小子敢把我加林动一指头，我就敢把你脑壳劈了！”

立本慌忙后退一步，然后索性背抄起胳膊离开了这地方，一边走，一边回过头说："我和你没完！咱走着瞧吧！我不信没办法治你父子俩！真个没世事了！"

中午，加林家窑里。

加林妈在做饭，加林爸在擦老镢头，加林躺在炕上看书。

加林妈："好我的娃娃哩，你千万不要闯乱子了……"

玉德："你早早死了心！咱这光景怎能高攀人家嘛！"

加林坐起来，说："谁高攀谁哩？你们一辈子真没出息！我的事你们别管，由我做主！"

明楼家院子。

明楼和立本正说话。

站在地上抽纸烟的明楼对蹲在碾盘上抽卷烟的立本说："哈呀，我还以为是什么事哩！不就是他们两个谈恋爱吗？"

立本气愤地吼叫说："狗屁恋爱！连个媒人也没经，黑天半夜在外面鬼混，把先人都羞死了！"

明楼用手指头揩掉立本溅在脸上的唾沫星子，说："你整天走州过县做买卖，思想怎还这么古板？现在的年轻人还像咱们过去那样吗？你没见的多着呢！我前几年每年都参观一回大寨，路过西安、太原，看见男男女女胳膊套胳膊走路哩……"

立本："加林是个什么东西？文不上武不下的，糟蹋我巧珍哩！"

明楼眼一瞪："怕人家加林看不下巧珍哩！只要人家看下了，你能都能不过来哩，还说人家糟蹋你女子哩！"

立本："加林有个什么出息？又不会劳动，又不会做生意，将来光景一烂包！"

明楼："人家是高中生，你女子斗大字不识一升！"

立本:“高中生顶个屁！还不是要戳牛屁股？”他轻蔑地一撇嘴，又加添说，“连牛屁股都不会戳！”

明楼:“好立本哩，你根本不敢小看加林。不是我说哩，这一条川道里，和他一样大的年轻人，顶上他的不多！他要文有文，要武有武，性子硬，心计灵，一身的男子汉气概！别看你我人称大能人二能人，将来村里真正的能人是他！……不瞒你说，我听了这事很高兴……要是他和巧珍结婚了，不是和我也成亲戚了吗？”

立本一纵身从碾盘上跳下来，火气十足地说:“你别给我灌清米汤了！你能说光面子话哩！巧珍是我的女子，我不能把她往黑水坑里垫！高玉德那个不成器的儿子，我看不下！”

明楼:“你看不下，可巧珍能看下哩，看你还有什么办法！”

立本:“我没办法？我把他龟子孙的腿往断打呀！”

明楼:“小心公安局的法绳！”

白天，井台边。

加林准备往桶里舀水，但看了看这个肮脏的水井，叹了口气，把马勺扔到一边。

他站起来，忍不住朝巧珍家的埝畔上望去。

他看见巧珍从那棵树后面转出来了。

巧珍家埝畔上。

巧珍含笑望着加林，头向她家垴畔上扬了扬，意思叫加林看上边。

加林朝巧珍家垴畔上望去。

巧珍垴畔山坡上。

立本正撅着屁股锄地。

井台上。

加林立刻又气又恼。

他故意放开声朝巧珍喊：“巧珍，你下来！我有个事要对你说！”

巧珍家埝畔上。

巧珍听见加林叫她，惊得下意识回头朝她家垴畔上望去。

她看见她爸仍然在锄地。

她从小路上飞快地转下来了。

井台边。

巧珍不安地抠着手指头，小声问加林：“加林哥，什么事？村子上面有人看咱两个呢，我爸……”

加林：“不怕！专门叫他们看！咱们又不是做坏事哩……你爸打你了吗？”

巧珍眼里闪着泪花，含笑咬着嘴唇。

她又不好意思地说：“没打……骂了几句。”

加林：“他再要对你动武，我就对他不客气了！”

巧珍：“你千万别动气，我爸刀子嘴豆腐心，不敢太把我怎样。你别着气。我们家的事有我哩……你怎不舀水？”

加林看了看水井：“脏得像个茅坑……巧珍，咱干脆到城里买点漂白粉去……”

巧珍：“我也跟你去？一块去？”

加林：“一块去！你敢不敢？”

巧珍：“敢！我回去推车子……看你衣服脏成啥了！你脱下我明天给你洗一洗……”

加林高兴地说了句粗鲁话：“实在是个好老婆！”

巧珍亲昵地噘起嘴，朝加林脸上调皮地吹了一口气，说：“难听死了……”

出村的道路上。

加林推着自行车，巧珍跟在他身边。两人都穿着新衣服。

村里为这事轰动起来。

一些人家的埝畔上站着人；一些人正往埝畔上跑；大家指指画画地看着他俩，议论着。

村口的路上。

加林和巧珍亲密地走在一起。

一群光屁股小孩在他们远远的后边嬉笑着，给他们扔小土疙瘩。

山坡上。

锄地的庄稼人纷纷来到地畔上，看这两个“洋人”。

各人的脸上显出不同的表情。

玉德老汉不知是啥事，也过来看了。

众人立刻对他哄笑起来。

玉德老汉臊得一转身钻到了庄稼地里。

公路上。

加林骑着车子，巧珍坐在后座上。

川道的豆田里。

庄稼人也纷纷跑到地畔上看他们。

有两个青年男女在人后面互相拉住了手。

公路上。

加林带着巧珍，驰向远方……

早晨。水井边。

一老头在井里看了看，叫道：“这是哪些坏东西给这水里撒了这么些白东西？”

一社员：“加林、巧珍！听说还有张娃和明生……”

一社员：“听说加林嫌水井脏，给里面撒了些洗衣粉……”

一社员：“不是洗衣粉，听说是一种什么药。”

一妇女：“天老子呀，不管是洗衣粉还是药，怎能给水井里撒呢？高玉德的嫩老子不要这一村人的命了。”

一青年提桶挤到井边，开始舀水，并对大家说：“这不是洗衣粉，是漂白粉，讲卫生的……”

一社员：“你瞎眼小子，跟上高玉德那个疯子儿扬黄尘哩！”

妇女：“明生，你妈不讲卫生，生养得你缺胳膊了还是少腿了？”

老年人：“胡成精哩！把龙王爷惹恼了，水脉一断，你们喝尿去吧！”

一个老头过来，把青年舀起的一桶水提起倒在沟里。

那青年站起来喊：“爸，你……”

老头脖子一拐，瞪了儿子一眼。

众人笑。

立本家院子里。

立本举着一只鞋扑着打巧珍。

巧英和她妈在拉架。

大门口挤着许多看热闹的人。

加林家窑门口。

加林要出门，父母亲扯着他的胳膊不让他出去。

井对面的小路上。

巧玲拿一本书走过来。

她看见井边围了许多人，不知是啥事，就走过来了。

井边。

巧玲问一社员：“怎啦？”

社员讥讽地说：“怎啦，你二姐和你二姐夫嫌水井脏，给里面撒了一些洗衣粉。”

一社员：“你们家大概常喝洗衣粉水吧？看把你们脸喝得多白！”

众人哄笑。

巧玲强忍着给大家说漂白粉的作用。

一社员粗鲁地打断她的话，说：“哼！说得倒美，你爬下先喝上一口！和你二姐夫一样咬京腔哩！伙穿一条裤子！”

众人哄笑。

巧玲眼里转着泪花子，羞得转身就跑了。

听见明楼来到井边，在井里看了看，对大家说：“哈呀，你们真是些榆木脑瓜！加林给咱一村人做了件好事，你们却在咒骂人家娃娃……你们为什么不担这水，这水现在撒了漂白粉，是最干净的水了……五大叔，把你的马勺给我！”

明楼从明生父亲手里接过马勺，在井里舀了半马勺凉水，端起喝了个精光。

明楼摸了把胡楂子上的水，笑着说：“实践检验真理呢！大家还不敢担吗？”

众人都嘿嘿笑了，争着挤到井边舀水。

夜，村外小河边。

加林和巧珍默默地坐着。

加林抬头望着远方。

远方是黑黝黝的山峦。

他好像看见在遥远的山的后面，闪耀着巨大的亮光。

他似乎听见火车在隆隆地飞奔着。

他似乎听见飞机在起飞，发出尖利的声响……

一切又平静下来，周围仍然沉浸在宁静的黑暗中。

他叹了一口气，把头埋在膝盖上。

巧珍轻轻依在他身上，说："加林哥，我知道你的心思……你干脆想办法工作去……看把你愁成啥了……

加林抬起头，感激地看着她。

巧珍："真的，加林哥，只要有门道，我支持你出去工作……你一身才能，窝在咱高家沟施展不开……你从小没劳动惯，地里的苦你受不了……将来你要是工作了，我就在家里给咱种自留地，抚养咱们的娃娃……你有空了就回来看我，我农闲了，就和娃娃一搭里来和你住在一起……"

加林开玩笑说："你叫我出去工作，不怕我不要你了吗？"

巧珍一下子紧紧抱住他，哽咽着说："你什么时候也别把我丢下……"

加林笑了："你啊，看你这样子，好像我已经有工作了！"

巧珍抬起头也笑了。

白天，加林家。

一家三口正在吃午饭。

明楼抽着纸烟走进来。

玉德老两口慌忙让书记吃饭。

明楼："我刚放下碗，你们吃你们的……"

明楼看了一眼加林，说："快种麦了，队里想到城里拉点茅粪，这活轻，我想让加林和德顺老汉去……加林这一段太累了……"

加林看了一眼明楼，没说什么。

明楼："巧珍跟着去做一顿饭，城里她姨家有一孔空窑……就这事……你们在！"

明楼转身往出走，玉德两口簇拥着送他到门口。

傍晚，通往县城的简易公路上。

两辆粪车一前一后，在苍茫的暮色中走着。驴蹄子嘚嘚地敲打着路面。

德顺老汉坐在前面一辆车上，加林和巧珍坐在后面一辆车上。

德顺掏出酒壶抿了一口，说："现在天还没黑，两个先坐开些！"

后面的加林和巧珍不好意思地笑着，各自把身子挪开一点。

夜。

迷蒙的月光辉映着静悄悄的山川。

两辆粪车在公路上走着。驴儿打着响鼻。

德顺老汉又抿了一口酒，带着醉意唱了两声信天游："哎哟，年轻人看见年轻人好，白胡子老汉不中用了，……"

后面车子上的加林和巧珍忍不住笑了。

德顺爷："你们笑什么哩？真的，你们年轻人真好，少男少女，亲亲热热，我老了，但看见你们在一块，心里也由不得高兴啊……"

加林："德顺爷，你一辈子为啥不娶媳妇？你年轻时候谈过恋爱没？"

德顺爷："恋？爱？我年轻时候比你们还恋得爱！"

他眼睛眯起来，望着远方，陷入在沉思中。

远方模糊的地平线。

一列列大山的剪影衬在暗蓝的天幕上。

川道里泼墨似的庄稼地。

反映着月光的水面。

陡峭的山崖。

车子在公路上走着。驴蹄子单调的嘚嘚声。

在大自然的各种剪影和人、车、牲口的各式特写中，德顺老汉讲述着他的往事……

德顺老汉的声音：“……那时候，我像你们一样年轻……农活不忙了，就吆着牲口到口外给地主刘国璋驮盐、驮皮货……就在无定河畔的一个歇脚店里，我结交了店主家的女儿，成了相好。那女子叫个灵转，长得比咱县剧团的小旦都俊样。我每次赶牲灵到他们那时，灵转都计算得准准的。等我一在他们村的前塬上出现，她就唱信天游迎接我哩……她的嗓音真好啊，就像银铃碰银铃一样好听……”

“……我歇进那店，就不想走了。灵转背转她爸，偷着给我吃羊肉扁食，荞面饸饹……一到晚上，她就偷偷从她的房子里溜出来，摸到我的窑里来了……一天，两天，眼看时间耽搁得太多了，我只得又赶着牲灵，起身往口外走，那灵转常哭得像泪人一样，直把我送到无定河畔，又给我唱信天游……”

加林：“大概唱的是‘走西口’吧？”

德顺：“嗯……”

接着，他便唱起了这首古老的歌谣：

哥哥你走西口，
小妹妹送你走；

有几句知心话，
哥哥你记心头。

走路你走大路，
万不要走小路；
大路上人马稠，
小路上有贼寇。

坐船你坐船后，
万不要坐船头；
船头上风浪大，
操心掉在水里头。

日落你就安生，
天明再登程；
风寒路冷你一个人，
自靠你自操心……

德顺老汉上气不接下气地唱着，到后来已经曲不成调，变成一句一句歌词。说到后来，竟然哭起来；哭了一阵，又嘿嘿笑出声，说："啊呀，把它的！这是干甚哩！老了，老了，还老得这么不正相！哭鼻流水的惹你们娃娃家笑话哩……"

车子在公路上静静地走着。

巧珍靠在加林胸脯上，脸上挂着泪珠。

加林用胳膊搂着巧珍的肩头。

巧珍："德顺爷，灵转后来干啥去了？"

德顺叹了一口气："唉……后来，听说让天津一个买卖人娶走了。她不依，她老子硬让人家引走了……天津啊，那是到了天尽头了，从此，我就再也没见我那心上的人儿！我一辈子也就再不娶媳妇了。唉，娶个不称心的老婆，就像喝凉水一样，寡淡无味……"

巧珍："说不定灵转现在还活着？"

德顺爷："我死不了，她就活着！她一辈子都揣在我心里……"

车子在公路上走着，走着，消失在远方……

夜，副食公司大门口。

加林往架子车的粪桶里灌粪。

夜，副食公司院内。

加林担一担粪往出走，听见院墙角乘凉的几个人哼哼唧唧。

一名妇女喊："担粪的，你把人臭死了！你到其他地方去担嘛！别在这里欺负人了！"

加林一下子站住了。

他强忍着继续往外担。

那妇女又嘟囔："这些乡巴佬真讨厌！"

加林忍不住了，他把粪担一下放在院子里，朝乘凉的那几个人走去。

那几个人紧张地站起来。

那妇女指住他，喊叫说："你过来干啥呀，还想吃个人？"

加林轻蔑地看了看她，尽量平静地说："这没有办法。我们晚上进城拉粪，也是考虑到白天机关办公，不卫生；想不到晚上你们在院子里乘凉……"

另外两个干部说："算了，算了，赶快装满拉走……"

妇女还气冲冲地，说："走远！一身的粪，臭烘烘的！"

加林恶狠狠地对她说：“我身上是不太干净，不过，我闻见你身上也有一股臭味！”

那妇女气得要扑过来拉扯加林，被另外两个干部拦住了。

加林转过身去担粪……

夜。街道上。

加林靠在路边暗影中的一根水泥电杆上，望着灯光闪烁的城市。旁边放着粪车。

加林画外音：我非要到这里来不可！我有文化，有知识，我比这里生活的年轻人哪一点差？我为什么要受这样的屈辱呢？

第五章

白天。高家沟。

加林拿着一封信在村中的路上跑过。

白天。加林家院子。

加林妈抱一抱柴火准备进窑。

加林气喘吁吁跑进院子，喊：“妈！”

加林妈惊慌地问：“出啥事了？”

加林：“我二爸要回咱地区当劳动局长。”

加林妈：“劳动？你二爸也回来劳动呀？”

加林：“哎呀！不是……”

加林展开信，准备给母亲读……

白天。高家沟。

一辆吉普车开到村里来了。

白天。加林家。

窑里窑外都挤满了人，一片闹哄哄的声音。

窑里，玉智正笑容满面给众人散纸烟，亲热地辨认他小时候的伙伴。

玉德老汉站在玉智旁边，笨拙地抽着纸烟，笑着，不时用瘦手抹眼泪。

隔壁窑里。

许多妇女在帮助加林妈做饭。

加林妈在切菜。

巧珍在擀面。

巧珍家。

巧珍从饭盘里拿了几个碟子往出走。

立本在门口斜了一眼，说："那还能待客？"

巧珍一愣。

立本过来在箱子里取出了几个新碟子，毫无表情地放在箱盖上。

巧珍把旧碟子放下，拿起新碟子，冲父亲背影一笑，出了门。

村中空场地上。

一群小孩围着吉普车，有的钻进车内按喇叭，有的趴在汽车上。

占胜和加林交谈着向吉普车这边走来。

占胜猛一声喊叫，孩子们一哄而散。

吉普车旁边。

加林和占胜靠在吉普车上。

占胜："旁的事我先不说了，只对你说一句话，你的工作问题我们很快会妥善解决的……"

加林为这句话感到震惊。

传来明楼的声音：“加林，你还不快回去招呼你二爸去？啊呀，马局长也来了？”

占胜：“我陪高局长来的……”

明楼来到吉普车旁，和占胜热情握手，转过头对加林说：“你爸妈人老了，手脚不麻利，家里又再没个人……”

加林：“老马挤不到我家里，我陪他在这儿呆一会。”

明楼：“你去你的，叫马局长先到我家里坐一坐……你给你妈说，下一顿饭就不要准备了，我们家已经准备上了……啊呀，多不容易，玉智几十年闹革命没回家……马局长，走走走……”

白天。山坡上，加林家的祖坟地。

玉德老汉往石供桌上摆供品，玉智和加林站在一边。

玉德摆完供品，便跪下了。

玉智犹豫了一下，不知该怎办。

玉德瞅了他一眼。

玉智只好和加林都跪在坟前。

三个人连磕了三头。

玉智和加林站起来。

玉德老汉却一头扑在坟地上哭起来。玉智和加林都很尴尬。玉智也忍不住拿手帕擦眼睛。

玉智和加林搀扶着玉德站起来。

玉德老汉哽咽着说：“咱老人，在世时，把罪受了……”

玉智：“我一直在外，没好好管老人，心里很难过……”

白天。山间小路上。

玉德、玉智、加林跟着下山。加林提着供品篮。

玉智："哥，我要把对咱老人欠的情，在你和嫂子身上补起来。现在我已回到咱家乡工作了，我要尽量帮扶你们，有什么困难，你就说，哥……"

玉德："我们老两口也是快入土的人了，没什么要牵累你的。家里现在也没什么大熬煎，要说大熬煎，就是你这个侄儿子。"他看了加林一眼："高中毕业了，就在村里劳动，他……"

玉智问加林："你不是在村里教书着哩？"

加林正要回答，玉德赶快说："现在学生娃少了，用不了那么多教师，就回来了……"

玉智为难了一阵，说："……哥，这种事我可是不能做啊！我刚上任，怎能……哥，你要理解我的心情哩……"

玉德沉默了一下，叹了口气说："唉，既然这样，也不能为难你了……咱走快点吧，明楼一再说他们家饭做好了，等着你呢……"

白天。明楼家会客窑里。

巧英和明楼的老婆忙得出出进进。

明楼和占胜坐在麻袋片裹着的土沙发上说话。明楼的小孙子在明楼腿边玩。

明楼："万一高局长知道咱们下了加林的教师怎么办呀？"

占胜咧嘴一笑："给他找个比教师更好的工作，他还能再对咱说个一长二短吗？"

明楼："更好的工作？现在国家又不在农村招工招干，哪有比民办教师更好的工作？"

占胜接过明楼递上的纸烟，点着吸了一口，说："最近地区给咱县上的小煤窑批了几个指标。当然，这几个指标本来没城关公社的，城关以前走的人太多了……"

明楼："加林恐怕不愿去掏炭。"

占胜:“谁让他掏炭哩？现在县委宣传站正缺个通讯干事，加林写的又好，以工代干，让他干这工作，保准他满意！”

明楼:“这怕要费周折哩！”

占胜:“我早把上上下下弄好了。到时叫他填个表，你这里把大队章子一盖，公社和县上有我哩。反正手续办得合合法法，捣鬼也要捣得实事求是嘛！”

两个人为这句笑话笑了。

笑完后，明楼问占胜:“高局长提起给加林找工作的事没？”

占胜讥讽地看了明楼一眼:“哈呀，你就在高家沟是个精明人！而今办这类事，哪个笨蛋领导明说哩？这就看手下人的眼活不活嘛！咱主动给领导把这种事办了，领导表面上批评你哩，可心里恨不得马上就把你提拔了！”

高明楼惊得张开了嘴巴。

听见外面三星已引着玉智两兄弟进来，明楼、占胜慌忙出去迎接。

玉智、玉德被明楼、占胜、三星、明楼妻、巧英等簇拥着进会客窑。

明楼扶着玉德的胳膊，问:“加林怎不来？”

玉德:“那是个犟板筋……不来就算了……”

明楼家会客窑。

巧英和明楼妻上菜。

八仙桌上摆满了碟、盆、碗、酒瓶、酒杯。

明楼把一杯酒敬到玉德面前。

玉德两只手哆嗦着接过酒杯。他看看玉智，又看看明楼巴结的笑容，把酒喝了下。

酒呛得老汉满脸皱纹缩在了一起……

白天，高家沟村口的河湾里。

加林提着个提包，和巧珍相对而立。

巧珍牙咬着嘴唇，泪水在脸上扑簌簌地淌着。

巧珍："加林哥，你常想着我……"

加林点点头。

巧珍："你就和我一个人好……"

加林又点点头。

公路上。

加林站在公路边上，他看见——

站在河湾里的巧珍。

高家沟参差不齐的村舍。

绿色笼罩了的大马河川道……

他用手指头抹去眼角的泪水，转过身，向县城走去了……

主题歌起。

下集

第六章

已经是干部派头的加林，夹着文件夹，迈着轻盈的步子从石台阶上飞快地跑下，穿过县委大院。

白天。景若虹办公室。

老景正给加林讲解照相技术。

白天。街道。

加林愉快地走过街道，巡礼似的观看着两边的景致。

他猛地惊住了。

满面春风的亚萍出现在眼前。

两个老同学又惊又喜，热情交谈起来。

夜。东岗。

加林在小树林中散步，望着县城迷人的灯火。

晨。

加林穿着运动衣，朝气蓬勃跑过林荫道。

白天。国营食堂。

加林、亚萍、克南在一块吃饭。

白天。

加林和亚萍拿着一些书，一边交谈，一边从图书馆走出来。

白天。县大礼堂。

正在开大会，一位领导在讲话。

加林在主席台上照相，亚萍在台角录音。

他们相视一笑。

夜。灯光篮球场。

球赛在激烈进行。

加林潇洒地把球投入篮内。

看台上的观众在狂热地喝彩。

夜。加林办公室。

他在埋头写作。

白天。县机械厂。

加林和老景在车间现场采访。

老景向几个干部和工人提问，加林专心记录着。

白天。加林办公室。

加林在写作，桌子上堆了许多书和报纸。

景若虹走进来，拿一张《光明日报》给加林看。

报上登载着加林写的文章……

在以上的画面中出现加林的画外音：……生活在一瞬间就发生了巨大的变化。我，一个农民的儿子，从田野上再一次来到城市。我知道，这次进城，再不是一个匆匆过客了，我已经成了这个城市正式的一员。我的理想的风帆，就要从这里开始起航……我要珍惜这一切，努力学习，好好工作，一定要搞出成绩来……当然，我也不会满足在这个小县城呆一辈子，我有更大的理想和抱负，但眼下能在这地方占据一个位置，我已经完全心满意足了……

大暴雨笼罩着山野……

电闪，雷鸣。

山洪咆哮，桥梁垮塌。

大暴雨。

窑塌。棚倒。惊叫的牲口。呼喊的人群。

大暴雨。

洪水漫过庄稼地、瓜园。塌崖。溜坡。

翻滚的浊浪……

大暴雨。县委大院。

人们打着伞，披着雨衣在穿梭奔忙。

一辆小车溅着水花冲出了大门……

加林的办公室。

加林在收拾东西，准备出发，老景给他布置任务。

景若虹：“据防汛指挥部报告，南马河公社灾情最严重……各方面的综合报道和人物通讯都可以写……听说好多地方路断了，请你一定小心。注意安全……”

加林一边穿雨衣，一边对老景点头。

通往南马河的路上。

高加林在暴风雨中艰难地跋涉着。

他滑落在一堆乱石之中。

他伏在路边的水坑里喝水……

一个村子的抢险现场。

牲口棚垮了。公社书记刘玉海、加林和老乡们在往出拉、刨牲口。

刘玉海头上、胳膊上缠着绷带，背着一个老太太，抱着一个小女孩，从村中的水洼中走过。

村中忙乱的人影。到处是牲口的惊叫、人的喊叫声。

加林立在一个破窑檐下，用雨衣挡着雨和檐水，在一个小本上写着。

县广播站播音室。

亚萍激动地念着广播稿：“……现在播送高加林从南马河采写的第三篇通讯，题目是《在最严重的时刻》……”

大暴雨中的县城。

亚萍的广播声继续着：

“《记南马河公社书记刘玉海》……”

南马河救灾现场。

在一座快要决堤的水库上，人们在紧张地加护着坝堤。刘玉海头上、身上缠着绷带，正在背沙包。

加林跟在刘玉海身边，也在扛沙包。

亚萍的广播声继续着：

“……他已经身负七处伤，两天两夜没合一眼……”

加林家。

玉德老两口和巧珍在炕上听广播。

亚萍的广播声：“但是，他仍然奋战在抗灾第一线……”

夜。南马河抗灾现场。

刘玉海等人蹲在一孔窑的脚地上开会。

加林在一盏马灯下写稿子。

夜。广播站播音室。

亚萍在激动地念着广播稿……

白天。街道上。

加林挎着照相机走着。

一辆拖拉机吼叫着停在他旁边。

驾驶员三星在驾驶楼喊：“加林！”

加林惊讶地回过头，说：“你怎开起了拖拉机？”

三星拿一双布鞋从驾驶楼里跳下来，说：“占胜叔叔把我安排到县上机械化施工队了……巧珍给你捎的鞋。”

三星把鞋递给加林。

加林：“那你走了，谁顶你教书哩！”

三星：“巧玲教上了。”

加林：“她没考上大学？”

三星："没有。"

加林："你先等等。我给家里捎个东西。"

三星："行。"

加林转身就跑。

副食门市部。

克南热情地给加林包点心。

街道上。

加林把两包点心递到驾驶楼里，对三星说："这包给我们家，那包给巧珍……"

三星："嗯嗯……"

中午，加林家院子。

巧珍提着个小包进来。

一只母鸡叫唤着从窝里钻出来。

巧珍过去从窝里摸出一个鸡蛋。

巧珍进了加林家窑洞。

加林妈正坐在炕上缝衣服，见巧珍来，赶忙招呼。

巧珍把鸡蛋放进炕上的针线篮里。

她从提包里掏出一包点心，不好意思地叫了一声："妈……"

她把点心放在箱盖上，说："加林给我们捎的……"

加林妈高兴地说："加林已经给我们捎回来了，那是给你的……"

巧珍很不好意思地笑了。

第七章

中午。景若虹办公室。

老景正在写东西。

他听见外边敲门声。

他打开门，走出来，看见黄亚萍站在加林办公室的门口。

老景正要说什么，听见加林在屋里喊：“谁？”

亚萍不好意思地冲老景笑笑，对屋里的加林说：“我……”

加林：“你等等……”

加林打开门，亚萍向老景点点头，进了加林的屋子。

老景回了自己的办公室。

白天。加林办公室。

亚萍坐在椅子上，加林给她倒水。

加林一边倒水，一边问：“克南怎没来？”

亚萍：“人家现在是实业家，哪有串门的心思。”

加林把水放在亚萍面前，过去坐在他的床上，说：“克南的确是个实业家，很早我就看出他有这方面的特点，国家现在正需要这样的人才……”

亚萍抿了一口茶，开玩笑说：“别说克南了，让他当他的实业家去……说说你吧，你一定累坏了！南马河那些抗灾报道写得太好了，有几篇我广播时都流了泪……”

加林：“没你说的那么好。头一次写这类文章，很外行，全凭景老师修改。”

亚萍一边喝茶，一边打量加林，说：“你好像又瘦了一些，不过更结实了，个子比学校时也长高了……”

加林被她看得有点不好意思，搪塞说：“当了两天劳动人民，可能比过去结实了一些。”

亚萍意识到了加林的局促，也不好意思地把目光从加林身上移开，低头喝茶水。

他们沉默了一会。

亚萍：“……你到了城里，我太高兴了，又有个谈得来的人了……你不知道，这几年能把人闷死！很想天上地下和谁聊聊天，全城都找不下一个人！”

加林笑了，说：“你说得太过分了，这样的人有的是，可能你不太了解的缘故，你太傲气了，一般人不容易接近你。”

亚萍也笑了，说：“可能有这方面的原因，但我的确感到有点沉闷，我希望能有一点浪漫主义的东西。”

加林随意地说：“好在有克南哩……”

亚萍：“克南你又不是不知道！人心眼很好，这两年也给了我不少帮助，但我总觉得他身上有情趣的东西太少了。……你今天中午到我们家去吃饭吧？”

加林：“不，不，我根本不习惯去生人家吃饭。”

亚萍有点委屈地问：“我是生人吗？”

加林：“我是说不认识你父母亲。”

亚萍：“一回生，二回熟！”

加林："谢谢你的好意。我……"

亚萍："怕人？"

加林："嗯。"

亚萍："乡巴佬！"

她说完咯咯地笑了。

加林并不生气，也笑着说："乡巴佬就乡巴佬，本来就是乡巴佬嘛……哎，你以前不是也爱好文学，经常写诗，现在怎不写了？"

亚萍："最近又在胡凑一点小诗，正准备请教你呢……"

亚萍从口袋摸出一个小纸片，走到加林面前，递给他。

加林接过纸片看着。

亚萍的画外音：赠加林。我愿你是生着翅膀的大雁，自由地去爱每一片蓝天；哪一块土地更适合你的生存，你就应该把那里当做你的家园。

加林看完后，又紧张又不好意思地说："诗……写得……不错，可是我不明白……我为什么应该是一只……大雁？"

他把诗递给亚萍。

亚萍深情地看着他，调皮地说："你留着吧。你慢慢就会明白你为什么是一只大雁！"

加林不知所措地笑了一下。

两个人都感到不自在。

亚萍看看表，说："……哟，广播时间快到了……你在……我走了！"

加林送亚萍出了门口。

白天，亚萍宿舍。

亚萍躺在床上，辗转反侧。

她从头下拉出枕巾，盖在脸上。

她听见敲门声。

她厌烦地问：“谁？”

克南在门外的声音：“我……”

她烦躁地下去开了门。

克南一进来，兴冲冲地说：“中午到我家吃鱼去！刚从水库打出来的鲜鱼……”

亚萍生气地说：“你就知道个吃！吃！”

她过去又躺在床上，拿枕巾把脸盖起来。

克南过去轻轻把亚萍脸上毛巾揭掉。

亚萍一把夺过来，又盖在脸上，喊叫说：“你走开！”

克南惶惑地倒退两步，哭一般说：“你今天究竟怎了嘛？……”

过了一会，亚萍才坐起来，对克南说：“你别生气，我今天身体不太舒服……”

克南：“那今天晚上的电影你能不能去看？”他一边掏电影票，一边说，“听说这电影可好哩，巴基斯坦的，叫《永恒的爱情》……”

亚萍叹了口气，说：“我……去。”

街巷和山坡的小土路上。

秋天来了。远方的大地一片斑黄。枯叶飘落，草木萧瑟。

亚萍激动地快步走着，风撩动着她秀丽的长发，像燃烧的火焰……

县委通讯组。

亚萍来到加林办公室门前。

她看见门上吊把锁。

她犹豫了一下，去敲老景的门。

老景出来。

亚萍立刻问他："老景，加林是不是下乡去了？"

老景："没有。刚才还在，可能出去散步去了。"

亚萍犹豫了一下，又问："他常到什么地方散步？"

老景机警地看了亚萍一眼，说："可能去东岗了……有急事吗？"

亚萍不好意思地说："没……谢谢您。"

她转身走开了。

傍晚。东岗。

秋天的小树林色彩斑斓。

加林腋下夹着一本书，慢慢走着，嘴角反复嘟囔着几个英语单词。

他突然看见亚萍从前面的小路上走来。

等亚萍走近一些，加林对她说："你怎上这儿来了？"

亚萍两只手斜插在衣袋里，笑着说："这又不是你家的祖坟，别人为啥不能上来？"

加林："一说话就像打枪一样！天都快黑了，你一个人……"

亚萍："谁说我一个人？"

加林从她的来路望了望，说："克南哩？怎不见他？"

亚萍："他又不是我的尾巴，跟我干啥？"

加林："那还有什么人哩？"

亚萍："你不是个人？"

加林："我？"

亚萍："嗯！"

他们一块慢慢向前走去。

夜。东岗。

加林和亚萍坐在一个土塄坎上，两个人手里捏着几片树叶子。山下看得见闪烁着灯火的县城。

亚萍："我要走了……"

加林："到什么地方出差去？"

亚萍："不是出差，是永远离开这里！"

加林大吃一惊。

亚萍："父亲很快就要转业到老家南京工作，我也要调过去。"

夜。东岗。

他俩分别倚着一棵树。

加林望着亚萍的眼睛，问："你真的愿意走吗？"

亚萍憧憬似的望着远方灿烂的星空，深情地说："我当然愿意走。南方，是我的家乡，我从小生在那里，尽管后来跟父母到了北方，但我梦里都想念我的美丽的故乡……"

她喃喃地念道："江南好，风景旧曾谙：日出江花红胜火，春来江水绿如蓝。能不忆江南？……"

加林忍不住接着她念道："江南忆，最忆是杭州：山寺月中寻桂子，郡亭枕上看潮头。何日更重游？……"

亚萍热烈地望着加林："南京离杭州很近，上有天堂，下有苏杭。苏州就是江苏省的……"

加林叹了口气说："那些地方我这一辈子是去不成了！"

亚萍微笑着问："你想不想去？"

加林："我联合国都想去！"

亚萍："我是问你想不想去南京，苏州，杭州，还有上海？"

加林："不会有到那些地方出差的机会。"

亚萍："要是一个人在那些地方玩，也没啥意思！"

加林："你去不会是一个人，有克南陪你哩！"

亚萍："我希望不是他，而是你！"

加林感到无比的震惊。

夜。东岗。

林中小路上，加林和亚萍慢慢走着。

亚萍的声音："……你知道，在学校时，我就喜欢你……那时候我们年龄小，不太懂这些事。后来你又回农村……现在我才知道我真正爱的人是你……克南我并不反感，但我对他产生不了感情，实际上，我父母比我更爱他……"

夜。东岗。

他们站在一道长满草的塄坎下。

亚萍继续说："咱们一块生活吧！跟我们家到南京去！你是一个很有前途的人，到大城市就会有大发展……我一定让父亲设法通过关系，让你到《新华日报》去当记者……"

加林从土塄坎上狠狠拔了一棵草，哆嗦了一下说："我冷得实在受不了……咱们走吧……你先别急，让我好好想一想……"

亚萍对他点点头。

白天。加林办公室。

巧珍把装着红枣、梨和苹果的小筐子放在加林的办公桌上，便向加林怀里扑去。

加林慌忙把她推开点，说："这不是在庄稼地里，我的领导就在隔壁……你坐，让我给你倒水。"

巧珍没坐，亲热地看着加林，委屈地说："你走了，再也不回来……我已经到城里找了你几次，人家都说你下乡去了……"

加林把水杯放到桌子上，说："我确实忙！"

巧珍没喝水，过去把加林的被子整理好，又摸了把褥子，嘴里唠叨着："被子太薄了，罢了我给你续一点新棉花……天冷了，褥子下面光毡也不行，我把我们家那张狗皮褥子给你拿来……"

加林："啊呀，狗皮褥子掂到这县委机关，毛烘烘的，人家笑话哩……"

巧珍："狗皮暖和……"

加林："啊呀，你……"

巧珍："三星已经开了拖拉机，巧玲教上书了，她没考上大学……"

加林："这些三星都给我说了，我已经知道了。"

巧珍："你们家的老母猪下了十二个猪娃，一个被老母猪压死了，还剩了……"

加林："哎呀，这还要往下说哩？不是剩下十一个了吗？你喝水！"

巧珍："是剩下十一个了。可是，第二天又死了一个……本来……"

加林："哎呀哎呀，你快别说了。"

加林有点烦。

巧珍感觉到了，便坐床沿上，望着他，不知怎样才能使加林喜欢她。

加林看她这样子，又很心疼地走到她面前，说，"让我到食堂给咱买饭去，咱俩一块吃。"

巧珍站起来，说："我一点也不饿，我得赶快回去。我为了赶三星的拖拉机，锄都撂在地里，也没给家里人说……"

她从怀里掏出一卷钱，递到加林面前，说："加林哥，你在城里花销大，工资又不高，这五十块钱给你，灶上吃不饱，你就到街上买吃的去……再给你买一双运动鞋，听三星说你常打球，费鞋……前半年红利已经分了，我分了九十二块钱呢——"

加林一把抓住她的手，眼里转着泪花子，说："我现在有钱，也能吃饱……这钱你给你买几件时兴衣裳……”

巧珍：“你一定要拿上！”

加林：“你再这样，我就生气了！”

巧珍只说：“那我给你留着。你什么时候缺钱花，我就给你……”

加林突然记起了什么，跑过去打开柜门，拿出一条红头巾，说：“我早就给你买下了，忘了捎给你……来，让我给你包上！”

加林过去把红头巾包在巧珍头上，然后退几步，看好不好。

巧珍一下扑在他怀里，哭了……

夜。灯光球场。

男篮比赛刚结束，加林站在场边，看女篮比赛。

女篮比赛在激烈进行。

黄亚萍异常活跃，不时用优美的姿势把球投入网内。

观众为她喝彩叫好。

加林入神地盯着场上的亚萍。

他强压着一种激动的情绪，默然地离开球场……

他心事重重地立在陡峭的河岸上。

他在结满白霜的草地上徘徊。

他在办公桌前沉思。

他在东岗落叶飘零的树木间焦躁地走动，他看见兴致勃勃的亚萍向他走来，他却躲开了她。

他的眼前交替出现亚萍和巧珍的各种面貌……

加林的画外音：……怎么办？我知道我面对的是一场非常严重的选择。上帝作证，我在内心是有巧珍的。如果我一辈子当农民，我和她在一块生活也就心满意足了……可是现在呢？我要是和巧珍结合了，实际上也就被拴在这个县城了，而我时刻都在向往着到更广阔的天地去生活……我现在不得不把爱和我的前途联系在一起考虑了！……这样看来，亚萍无疑是我理想的爱人……当然，我的良心非常不安……你是一个混蛋！你不要良心了，还想良心干什么！是的，既然决定了，就不要反顾！不要软弱！为了远大的前途，必须做出牺牲！有时对自己也要残酷一些！……

白天。加林家院子。

一堆金黄的玉米。巧珍头上拢着加林送给她的红头巾，和加林妈盘腿坐在地上化玉米粒。

玉德老汉扛着镢头走进院子。他放下镢头，也蹲在地上化玉米。

巧珍回窑拿出一个小板凳，递给玉德老汉。

三个人一起乐呵呵地干着活。

夜。巧珍的窑洞。

巧玲躺在被子里，在看书。

巧珍伏在桌子上认字、写字。

她在一个小本上歪歪扭扭地写下人、土、山、水、大、上几个字。

传来鸡的啼叫声。

巧玲把书放下，说："二姐，快睡吧！"

巧珍没答言，继续写。

巧玲："一天认五个字就行了，多了记不住，说不定把学会的也忘了……"

巧珍还是没答言。

巧珍突然来到炕头前，拿着笔和小本，问巧玲，你说高字怎么写？"

巧玲："什么高？"

巧珍："就是……姓高的高……"

巧玲在被筒里接过巧珍的笔和小本，在上面写了“高加林”三个字。

巧玲指着小本对巧珍说：“高、加、林！”

巧玲笑，巧珍打巧玲……

白天。加林办公室。

加林坐在床边上，亚萍坐在他对面的椅子里。

加林刚讲完他和巧珍的事，对亚萍说：“……就这样，我和巧珍相爱了。”

加林说完，难受地靠在了被子上。

亚萍半天没说话，然后她带着遗憾的表情说：“你原来想和一个不识字的农村妇女结婚？”

加林点点头：“嗯。”

亚萍：“你一个有文化的高中生，满身才能，怎么能和一个不识字的农村女人结婚？这简直是一种自我毁灭！”

加林愤怒地跳起来，喊叫说：“住嘴！我那时黄尘满面，平顶子老百姓一个，你们哪个城里的小姐来爱我？”

亚萍一下怔住了，她轻轻说：“你这么凶……克南可从来没对我发这么大火……”

加林：“你找你的克南去！”

亚萍激动地走到他面前，说：“加林，你别生气。你给我发火，我不生气，心里反而很高兴。你不知道，克南就是把刀放在他脖子上，他也对你笑嘻嘻的，气得人只能流泪。我就喜欢你这种性格！男子汉，大丈夫，血气方刚！”

加林：“我这个人脾气不好，以后在一块生活，你可能要受不了的。”

亚萍一下子惊喜地抓住他的肩膀：“那你是说，你愿意和我一块生活了？”

加林不置可否（或者说默认了）。

加林："我得要和巧珍把这事说清楚，不瞒你说，我心里很痛苦。"

亚萍："是的。你应该很快结束你们的不幸！"

加林："也可能是一个不幸的结束！"

夜。亚萍家院子。

紧挨的两孔窑一明一暗。

亚萍在没有灯光的门上敲了敲："爸，妈，你们起来，过我这边来一下。我有个要紧事要给你们说！"

窑里一阵紧张的唏嘘声。

亚萍抿嘴直笑。

夜。亚萍的窑洞。

父母亲一边穿衣服，一边先后进来了。他们紧张地问："出了啥事？"

亚萍笑了，说："你们别紧张。这事并不很急，但有些震动性！"

亚萍父不解地瞪起眼睛。

亚萍妈："哎呀好萍萍哩！有什么事你就快说，你把人急死了！"

亚萍："事情很复杂，但今晚上我先大概说一下……是这样，我已经和另外一个男同志好了，并且已经在恋爱。因此，我要和克南断绝关系……"

老两口一下子惊慌失措地喊："什么？什么？什么？"

亚萍："对我来说，这已经不能改变了……我知道你对克南很爱，但我并不喜欢他……"

亚萍母亲扑在亚萍的床上哭了。

亚萍父："你……和克南……这已经两年多了，全城人都知道！我和老张，你妈和克南妈，这关系……天啊，你这个任性的东西！

我和你妈把你惯坏了，现在你这样叫我们伤心！你这是典型的资产阶级思想！你们现在这些年轻人真叫人痛心啊！垮掉的一代！无法无天的一代！”

亚萍受不了父亲的吼叫，也伏在桌子上哭起来。

亚萍妈哭着数说老汉：“就是萍萍不对，你也不能这样吼喊我的娃娃……”

亚萍父咆哮地说：“都是你惯坏的！”

亚萍妈也火了：“你没惯？”

亚萍父气得一拧身出了门。

中午。克南家客厅。

克南妈拿着喷壶在墙角浇花，克南坐在沙发上看信。

克南突然把信扔一边，扑倒在沙发上哭了。

克南妈跑过来问：“南南，你怎啦？”

克南：“亚萍写信……和我……断关系了……”

克南妈震惊地问：“为什么？”

克南倒在沙发上没有说话。

克南妈捡起信，看完后问克南：“那个高加林是哪里的？”

克南仍没说话。

冬天来了。

尖利的寒风扫荡过荒凉的黄土高原……

飞舞的雪花……

白皑皑的山野……

白天，简易公路上。

雪花飞飘。

巧珍头上包着红头巾，骑着自行车在风雪中急驰。车后架上夹着卷成一卷的狗皮褥子。

白天。大马河桥上。

加林伏在桥栏杆上，望着风雪迷茫的远方。

他身后传来巧珍的声音：“加林哥！”

加林一惊，回过头，看见巧珍正在撑车子。

巧珍放好车子，兴冲冲走过来，嘴里说着：“你站在这儿干啥哩？”

她来到他面前，心疼地问：“加林哥，你没出什么事吧？我听三星说你捎话让我来一下，还以为你病了，又跑去问了一回三星，他说你没病……”

巧珍说着，笑着。她从身上掏出一个小纸片，递给加林说：“加林哥，巧玲已经给我教会好多字了……你看看我写的字……”

加林勉强接过纸片，看见纸片的上半部分歪歪扭扭写着吃、穿、劳动、大地、我们……下半部分写满了“高加林”的字样。

加林把纸片装在口袋里，脸上笼罩着苦不堪言的阴云。

巧珍天真地问：“怎样？是不是我写的不好？”

加林没言传，把头转向一边。

加林为难地开口叫一声：“巧珍……”

巧珍：“唔。”

加林：“我……想对你说一件事，但很难开口……”

巧珍：“加林哥，你说吧！既然你心里有话，你就给我说，千万不要憋在心里。”

加林：“说出来怕你要哭！”

巧珍一愣，但她还是说：“你说吧，我……不哭！”

加林：“巧珍……”

巧珍："唔……"

加林："我可能要调到几千里路以外的一个地方去工作了。咱们……"

巧珍一下子把手指头塞在嘴里，痛苦地咬着。

弥漫的风雪……

巧珍："那你……去吧。"

加林："你怎办呀？"

巧珍痛苦地沉默着。

加林："我主要考虑这事……"

沉默。

雪花静悄悄地降落着。

两串泪珠在巧珍的脸上淌下来。

她两只手痉挛地在抓着桥栏杆。

巧珍哽咽地说："……加林哥，你再别说了。你的意思我都明白了。你……去吧！我决不会连累你！……加林哥，你参加工作后，我就想过不知多少次了，我尽管爱你爱得要命，但知道我配不上你了。我不识字，给你帮不上忙，还要拖累你的工作……"

飘飞的雪花……

巧珍继续哽咽着，说着："你走你的，到外面找个更好的对象……到外面你多操心，人生地疏，不像咱本乡田地……加林哥，你不知道我是怎样爱你……"

巧珍哽咽得说不下去了，掏出手绢堵住自己的嘴巴。

加林的眼里也涌满泪水。他不看巧珍，说："你……哭了……"

巧珍摇摇头，泪水在脸上刷刷地淌着。

她突然转过身，说："加林哥……我走了！"

她摇摇晃晃过去推车子。

加林痛苦地叫了一声："巧珍！"

巧珍猛地回过头，向他投去希望的一瞥。

但她彻底绝望了。她看见加林低下头，没有任何一点回心转意的表示。

她摇摇晃晃跨上车子走了。狗皮褥子掉在了雪地上……

满天风雪。

一条空荡荡的路……

大桥下面。

高加林伏在雪地上痛哭流涕。

他周围的雪化了。远远看去，像扔下的一堆垃圾……

夜。加林的办公室。

他痛苦地靠在铺盖卷上。

残白的月亮在浮云中游动。

积雪斑斑的大地忽明忽暗。

狂风扬起街巷的积雪。

狂风吹乱了河边的茅草……

白天。加林办公室。

桌子上摆了许多吃的，但没人动。玉德老汉和德顺爷正在训斥加林。

加林低头坐在小凳上，像个受审的犯人。

德顺爷用烟锅指着加林：“你娃娃把良心卖了！巧珍那么好个娃娃，你把人家撂在半路上！你作孽哩！加林啊，我掏出心给你说句实话吧，归根结底，你是咱土里长出来的一棵苗，你把根应该扎在咱的土里啊！现在，你是个豆芽菜，根上一点点土也没有了！”

老人说不下去，一口一口长送气。

玉德："……巧珍……实在是个好娃娃。你走了，给咱家担水，喂猪，帮你妈做饭……娃娃啊，为你这没良心事，一川道的人都在骂咱的祖宗哩！我和你妈都不敢在人面前露脸……现在听说你又找了个洋女人……咱穷家薄业的，怎能侍候了人家……你，趁早把这宗亲事散了！"

德顺爷："人常说，浮得高，跌得重！你小子可小心着！"

玉德："……爸爸快四十岁才得了你这个独苗儿，生怕你在活人这条路上有个闪失啊……"

玉德老汉已经老泪纵横了。

加林慢慢抬起头，叹了一口气，说："你们说得也许都对，但我已经上了这钩杆，下不来了……再说，你们有你们的活法，我有我的活法！我不愿意再像你们一样，就在咱高家沟的土里刨挖一生！"

两个老人又气又失望又感到震惊。

中午。巧珍的窑洞。

她病蔫蔫地卧床不起。

她母亲端来一碗汤放到她枕头边。

她毫无反应地躺着。

她母亲抹眼泪。

墙上广播匣里，响着亚萍的声音："社员同志们，刚才向大家广播的是高加林采写的通讯，题目是《新的时代，新的青年》，记我县建设社会主义青年积极分子代表大会……下面请听歌曲《青年圆舞曲》……"

欢乐的乐曲声。

电影院。

银幕上的画面一明一暗。

加林和亚萍并肩坐在一起，兴致勃勃地在看电影。

白天。河道里。

加林和亚萍穿着鲜艳的运动衣，在溜冰。

两人溜冰的各种优美姿势。

冰刀眼花缭乱地旋转。

他们手拉着手在溜，笑着，嬉闹着，洋溢在欢乐的气氛中……

第八章

白天。县委食堂门口。

干部们拿着碗筷，有的敲打着，三三两两往食堂里走。

加林拿着碗筷从石台阶上走下来。

景若虹在后边喊：“加林，你等等，有个事给你说一下……”

加林等老景走到跟前，两个一起往食堂走。

景若虹：“……准备一下，你明天要到省里去……”

加林一下惊喜地呆立住了，问：“真的？干啥去？”

老景：“省报要办一个新闻学习班，部里决定让你去，时间不太长……你准备一下……你还没去过省城吧？”

加林：“没有，到目前为止，我走过的最大地方就是咱们县城……”

夜。加林的办公室。

亚萍正给加林整理提包。

加林穿一双皮鞋，她给他结鞋带。

加林在屋里试着来回走，又别扭，又带劲。

白天。

一列火车飞驰在辽阔的平原上。

加林在车窗里贪婪地望着原野上的风光。

省城。

繁华的街道。

加林走过街道，望着街两面五光十色的景致。

加林抬头望着林立的高楼大厦。

夜。

加林在公共汽车上望着夜晚光华灿烂的城市。

汽车驰向远处，车尾的灯愈变愈小……

变小的车尾灯化为一盏小小的煤油灯。

夜。巧珍的窑洞。

她静静地靠在铺盖卷上。

灯光映照出她憔悴的脸。

白天。

她担着水走过村中小路。

她在山坡上砍干枯了的高粱秆。

她挽着筐子走过冬天的原野……

白天，巧珍的窑洞。

巧珍躺在炕上。

刘立本把半截卷烟在炕栏石上擦灭，说："……巧珍，你想开些……"他突然情绪激动地破口大骂："高玉德家这个坏小子，老天爷报应他呀！王八羔子！坏蛋！流氓！他妈的，将来不得好死，五雷轰顶呀！把他小子烧成个黑木桩！”

巧珍喘着气爬起来，痛苦地说：“爸爸，你不要骂他！不要咒他！不要……”

立本沉重地叹息一声，说：“巧珍，你把他忘了！你千万不要想不开，自己折磨自己，你还没活人哩……”

立本眼里汪满了泪水。

巧珍也伏在被子上哭出声来。

立本：“爸爸以前给你瞅人家，也是为了你好。从今往后，你的事爸爸再不强求你了。不过，你也不小了，你自己给自己寻个人家吧。心不要太高，爸爸害得你没念书，如今你也就寻个本本分分的庄稼人……唉，马拴这几天又往咱家跑，但这事我再不强求你了……”

夜。巧珍的窑洞。

巧珍呆呆地坐在椅子上，望着墙壁。

马拴局促地坐在前炕边上。

马拴嗫嚅着说：“……后来，听说你和高老师成了，我的心也就凉了……前一向听说高老师和城里的女子恋上了爱，不要你了，我的心就又动了，所以……”

巧珍：“我已经在村前庄后名誉不好了，难道你不嫌……”

马拴：“不嫌！这有什么哩？年轻人谁没个三曲两折？再说，你也别怨高老师，人家现在成了国营干部，你又不识字，人家和你过不到一块，咱乡俗话说，金花配银花，西葫芦配南瓜。咱两个没文化，正能合在一块哩！巧珍，我不会叫你一辈子受苦的！我有力气，心眼也不死，我一辈子就是当牛做马，也不能委屈了你。咱乡里人能享多少福，我都要叫你享上……”

马拴激动地掏出火柴“啪”地擦着，才发现纸烟还没掏出来。他把火柴扔掉，抖索着摸出一支烟来。

立本家院子。

巧珍帮助母亲喂猪。

巧珍妈："……要不要两家简单地准备迎送一下？"

巧珍："……妈妈，你告诉马拴，事情完全按咱的乡俗来。咱家里你们也准备一下。你和我爸当年结婚怎样过事，我结婚也就怎样过事！"

巧珍妈："我们那时是旧式的……"

巧珍痛苦地叫道："旧的就旧的！"

巧珍一下子掉转身，抹着眼泪回她自己的窑里去了。

明楼家客窑。

明楼和立本正说话。

明楼惊讶地说："怎？巧珍已经同意和马拴结婚了？"他接着又说，"也好，高加林现在位置高了，咱的娃娃攀不上了。马拴在庄稼人里头也就是像样的……"

立本："现在主要是巧珍有点赌气，要按咱过去的老乡俗行婚礼，这……"

明楼："不怕！就按娃娃的意思来！现在党的政策放宽了，这又不是搞迷信活动嘛！你就按娃娃说的办！这几天要是忙不过来，叫我老婆和巧英给你们帮忙去……"

白天。

巧珍家院子里。

长号筒伸向蓝天连吹三声。

鼓乐齐鸣。人声沸腾。鞭炮声噼啪。

立本家院子里、窑顶上都挤满了看红火热闹的人群。

巧珍今天出嫁。

吹手们穿着破旧的老羊皮袄，耳朵上别着纸烟，围着院墙角的一堆火在起劲地吹奏着。

各个窑里的炕上都在坐席。从敞开的门里望进去，每个窑的人都吃得津津有味，满头大汗。

窑里窑外，人声喧哗。

端盘子的人吆喝着穿过人群。

立本、立本妻、巧英、明楼、明楼妻、三星、巧珍姨等本家人和亲戚都在不同的地方忙碌着。

院里、窑顶上挤了越来越多的人。

吹鼓手们欢快地吹奏《兰花花》曲调，腮帮子鼓得圆圆的，周围许多孩子在看热闹。

巧珍的窑洞。

她穿着一件红袄，一条蓝裤子，靠在铺盖上，脸带悲戚的神色，呆望墙壁。

外面的乐声和人的嘈杂声不时传进来。

巧玲轻轻推开门进来。

她坐在巧珍旁边，同情地看着她，不知该说什么。

巧珍一把抓住巧玲的手，心酸地说："……巧玲，好妹妹，你不要忘了二姐……你要常来看我……二姐没念过书，但心里喜欢有文化的人……"

巧玲眼里旋转着泪水。

巧玲："二姐，我知道你现在心里很苦……"

巧珍："……不管怎样，我还得活人……"

巧玲："二姐，你一定要想开些。人活一生，值得爱的东西很多，不要因为一个方面不满意，就灰心……”

巧珍：“玲玲，你一定常来看我，常给我说这些话……”

“嗯。……”

巧玲忍不住哭了。

下午。高家沟村中。

鼓声喧天，人声沸腾。

娶亲的人马一摆溜从立本家的坡上下来了。

唢呐、锣鼓、鞭炮声响成一片。

乐队。

迎人的。

新媳妇。

送人的。

驮嫁妆的牲口。

迎、送人的妇女骑着毛驴。她们的丈夫分别给自己的老婆牵着驴缰绳。这些人穿戴着裁剪不当的新衣服。

中间的巧珍骑在马上。红袄蓝裤，一块红纱巾“盖头”蒙着面。娶亲的人马热闹非凡地行进着。

德顺老汉的窑洞。

窑里陈设寒伧，一个长条桌上整齐地摆着一行空烧酒瓶和无数个垒得整整齐齐的空火柴匣，显示出光棍室内的独特风光。

外面传来热闹的喧嚣声。

老光棍将桌子上一堆空酒瓶打翻在地。

村中道路上。

娶亲的人马正在缓慢地前进。

吹鼓手为了向村民表演他们的吹奏艺术，挪步如寸，有时竟然停下来。那个压上眼的吹手，竟然把喇叭拔下来，光杆子吹着，惹得娃娃们又喊又笑。

曲子还是《兰花花》。这支伤感的曲子被吹手们吹得很欢快。

道路两旁挤着看热闹的人。

娃娃们引着前后乱跑乱叫。

村中家家畔上都挤满看热闹的人。

娶亲的队伍在缓慢地行进着。

巧珍透过红纱巾看见——

加林家的破墙烂院。

打麦场上的麦秸垛。

落光了叶子的杜梨树。

泪水涌出了她红肿的眼睛，被风吹落在红纱巾上。

红纱巾重新蒙住了她的脸。

娶亲的人马在缓慢地行进，显示出一种无限欢乐的气氛……

白天。

克南家客厅。

克南头枕着胳膊，静静地躺在沙发上发呆。

克南妈走进来，阴沉沉地瞥了一眼儿子。

克南妈："南南，你起来！"

克南没动。

克南妈："起来！我有个事要对你说！你像你没出息的父亲一样！二十几岁了，看窝囊成个啥！"

克南仍没说话。

克南妈："我给你说！我前几天已经调查清楚了。高加林那小子是走后门参加工作的！是马屁精马占胜给办的！"

克南："前门后门，反正都一样……"

克南妈："你这个窝囊废！我给你说，我已经给地区纪律检查委员会写了揭发信，地区的调查组已经下来了！他高加林小子完蛋了！"

克南猛一下坐起来，喊："妈，你怎能做这样的事哩？这样咱就成小人了！"

克南妈："放你妈的臭屁！你这个没出息的东西！爱人都让人家挖走了，还说这一个钱不值的混账话！一个乡巴佬欺负到老娘头上，老娘还轻饶他呀？再说，他走后门违法乱纪，我一个党员，有责任维护党的纪律！"

克南："妈，从原则上说，你是对的，但是从道义上说，咱这样做就毁了！众人都长眼看哩，决不会认为你党性强，而是报私仇哩！"

克南妈抢前一步，打了克南一个耳光。

她一下伏在柜台上，伤心地哭起来，她一边哭，一边说："我的命真苦啊，生下这么个不成器的东西……"

广播站亚萍宿舍。

克南正给亚萍说他妈揭发加林的事。

克南："事情已经成了这个样子，加林现在又不在，看能不能挽回这个局面……"

亚萍："克南，你真是个……好人。"

高玉智办公室。

玉智正在打电话："喂……是的，是的。我是高玉智……我侄子高加林走后门参加工作的事，情节很严重，揭发材料我也看见了……噢噢，请一定按原则把他清退回去……噢噢……"

县委书记办公室。

书记正接电话："……我们会按原则处理的。"

县委会议室。

正在开常委会。亚萍父亲也在座。

景若虹和其他列席人坐在沙发后面的椅子上。

县委书记正在讲话。

县委书记："……这件事就议到这里。就按调查组的意见办，撤销高加林的工作和城市户口，很快送回其所在大队……"

景若虹嗫嚅着插话："……高加林同志工作很不错，也很有才能……是不是可以用雇用的方式继续让他留下工作呢？……"

县委书记："不行不行！这件事社会影响太大了，很快办清手续，让他回队去……"

县委书记继续讲话："……县劳动局副局长马占胜同志多次走后门搞不正之风，撤销其领导职务，调出劳动局，等候人事部门重新分配工作……"

打字机乒乒乓乓地响着。

打字机打出了："关于高加林走后门参加工作的通报……"

马占胜在看通报，一副沮丧的样子。

克南妈在看通报，脸上露出满意的笑容。

亚萍在看通报。看完后，她一下扑在床上哭了。

白天。

亚萍父亲的办公室。

亚萍父亲和亚萍正在谈话。

亚萍父："……所以，感情归感情，现实归现实，你还是应该……"

亚萍："你让我去和加林断关系吗？"

亚萍父表示是这个意思。

亚萍："不，爸爸，我喜欢他！我们才刚刚开始恋爱……"

亚萍父："萍萍！这种事情不能任性了！如果不能在一块生活，迟早总要断的。早断一天更好，痛苦就会少一些……"

亚萍："永远不会少！我永远会痛苦的……"

亚萍父叹了一口气说："本来你和克南好好的，我在南京把工作都给克南联系好了，想不到一下子出来个高加林！那小伙子不是在农村有对象吗？听说为了和你好，把人家那个姑娘抛弃了，这很不道德嘛！……你们现在把事情完全搞颠倒了。所以，现在应该把颠倒了的再颠倒过来！你和克南……"

亚萍大声喊："现在你别提克南的名字！别提他的名字……"

亚萍父："萍萍！你……"

他痛苦地坐在了圈椅里。

白天。汽车站。

加林拄着旅行袋，兴致勃勃地出了候车室，来到街道上。

三星的拖拉机正好开过来，看见加林，便停在他身边。

他让加林坐上来。

三星帮加林把提包放好。

加林坐在驾驶室里。

拖拉机吼叫着向县委开去。

县委大门口。

加林从驾驶室跳下来。

三星把提包递给他。

加林："咱村和我们家没啥事吧？"

三星坐在驾驶楼，说："没……就是……巧珍前不久结婚了……"

加林一下惊呆了，问："和谁？"

三星："和马拴。"

三星看加林脸色不对，说："你在……"

三星开着拖拉机走了。

加林痴呆呆地立在县委大门口。

白天。加林办公室。

加林正看那份通报。景若虹站在一边。

加林把文件扔在一边，沮丧地低下了头。

景若虹："……我在会上提出，要想用雇用的形式把你留下继续工作，可是……加林，你是一个性格坚强的人，你一定想开些，人一辈子总要经历一些坎坷的。这也许并不是一件坏事……噢，听说这事是克南妈揭发的，克南反对他母亲这样做，母子俩还吵了一架……"

加林呆坐着，一句话也不说。

白天。加林的办公室。

他在地上转圈圈走。

他掏出烟，又把烟扔掉。

他掏出火柴盒，又把火柴盒扔掉。

火柴撒了一地。

他蹲在地上一根一根捡火柴……

白天。加林的办公室。

加林和克南谈话。

克南："你现在一定很恨我……"

加林："不，你应该恨我。"

克南："你现在心里小看我，认为我张克南是个小人！"

加林："不，我了解你……实际上，就是你本人写信揭发我，我也可以理解，因为是我首先伤害了你……你即使报复我，也是正当的……"

克南："你是一个有血性的人，尽管咱们性格不一样，但我一直很尊重你。我现在仍然尊重你……过去的事情已经过去了。我现在不知道怎样才能帮助你……我知道你现在很痛苦，亚萍也在痛苦……我不愿意你们痛苦……"

加林："你更痛苦！现在让我们结束这个不幸的局面吧！你和亚萍仍然恢复你们的一切。我现在请求你的，就是能谅解我已经给你造成的痛苦……"

克南："不！尽管我喜欢亚萍，但亚萍实际上是喜欢你的……"

加林："但我实际上真正喜欢的是另外一个人……我已经决定了，我自己会主动和亚萍断绝关系的……"

夜。亚萍家室内。

加林和亚萍在谈话。

加林："……就这样吧，我们现在应该结束我们的关系。你还是和克南一块生活吧，他是非常爱你的……"

亚萍："不，我就要和你在一块！"

加林："这已经是不可能的了，我又成了农民，我们无法在一块生活了……再说，你很快要调到南京去工作……"

亚萍："我不工作了！也不到南京去了！我退职！我跟你当农民！我不能没有你……"

加林苦笑了一下，说："亚萍，我不值得你这样的牺牲。我知道你对我的感情是真挚的。为了这，我很感激你。我自己也是喜欢你的。不过，我现在才深切地感到，从感情上说，我实际上更爱巧珍，尽管她不识字……”

亚萍一下子震惊了。

她绝望地望着加林，泪水在脸上静静地流着。

她走过来，哽咽着说：“如果是……这样，那么……我祝你们……幸福……”

她向他伸出手来。

加林握住她的手，说：“巧珍已经和别人结婚了，现在让我来祝你和克南幸福吧……”

加林把手从亚萍的手里抽出来，急速地转过身就走了。

亚萍在后面一把扯住他，伤心地说：“你……再吻我一下……”

加林回过头在她的泪水脸上吻了吻，就急忙地走了。

身后传来亚萍的哭声。

灯光灿烂的县城，一片宁静……

县城的灯火化为高家沟星星点点的灯火……

夜。刘立本家。

灯火摇曳着。巧玲在灯下看书。巧英和她妈做针线活。

巧英：“……高加林狂了几天，就被公家开除了！”

巧英妈：“老天爷睁眼了，这是报应！”

巧英：“这小子把咱巧珍欺负得人不是人，鬼不是鬼！……听说他明早上就回来呀！我非要把他小子堵在村口，当着众人的面收拾他一通……”

巧英妈：“对，叫众人看看！把他小子的名誉弄得臭臭的，叫他再能！”

巧玲："妈，大姐，你们千万不能这样！你们要是这样做，众人不会笑话加林，丢人的反倒是你们！"

巧英："你知道个屁！"

巧英妈："甭多嘴！"

巧玲气得把书掼在一边，从窑里出去了。

早晨，村口河湾里。

巧英提个筐子假装拾柴火，眼睛不时地望着简易公路。

她背后响起一阵慌乱的脚步声。

巧英回头一看，竟然是巧珍！

巧珍穿一身朴素的棉衣，头发也剪成了农村妇女的式样。

她走到巧英面前，拉住她的袖口，说："姐姐，快回去！你千万不能这样，人家笑话呀！"

巧英装作不明白："笑话我什么哩？"

巧珍："巧玲昨晚上跑到我那里把什么事都给我说了。我昨晚上急得一夜没睡着……"

巧英恨得牙咬着嘴唇，说："你真是个受罪鬼！"她停了一下，"高加林不光辱没了你，把咱们一家人都拿猪尿泡打了，满身的臊气！你能忍了这口气，你忍着！我们可忍受不了！我今儿个非给他小子难看不可！"

泪水在巧珍眼里旋转着。

巧珍："……好姐姐哩，他现在也够可怜了，要是墙倒众人推，他往后可怎样活下去呀……"

巧英执拗地把头一拧，说："你别管！这是我的事！"

巧英把筐子往地上一丢，一屁股坐在一块石头上，双手把膝盖一抱，粗野得像个男人。

巧珍一下子跪在巧英面前，头抵在她怀里，哽咽着说："我给你跪下了，姐姐！我央告你！你不要这样对待加林！不管怎样，我心疼他！你要是这样整加林，就等于拿刀子捅我的心哩……”

巧英一下子心软了，眼里也涌出了泪水，她抱住巧珍和她一起哭了。

早晨。

荒凉的大地。凉冰的河流。

加林背着铺盖卷，在简易公路上走着，走着……

他来到村前的河湾里，在巧珍送别他的那个地方站住了。

我们又听见了巧珍那甜蜜的歌声：

上河里（那个）鸭子下河里鹅，
一对对（那个）毛眼眼望哥哥。

加林向村子里走去。（定格）。

演员表。

诗歌

促拍满路花新填

抛尽男儿意，换来一无情。城北廓南处，独怜心。何必惆怅？笑向华岳峰。少年正青春，水出火入，便是灿烂人生。揩抹了轻烟浮云，还原真意境。毕生学葵花，向日倾。路远任重，无意去争风。李白桃再红，总要凋零，不及雪里青松。

一九七二年元月二十三日

老汉走着就想跑

年过六十不服老，
干活尽往人前跑，
明明感冒发高烧，
送肥他专拣高山峁……
支书劝，队长说，
谁说他就和谁“吵”：
咱队今年过《纲要》，
等靠老天过不了；
革命就要拼命干，
嘿，老汉走着就想跑！

* 原载诗集《延安山花》(陕西人民出版社，1972 年 5 月)。

塞上柳

“五七”战士上塞来，
排排塞柳笑招手！
战士柳林过，
条条柳枝攀衣袖；
战士停脚步，
齐声问塞柳：
塞上狂风紧，
黄沙滚滚流；
却为何——
你身杆长得这么壮，
枝叶出得这么稠？

战士话未完，
塞柳笑答复：
当年毛主席来塞上，
黄沙路边插株柳……
难忘啊，

那年冬：
胡匪骑兵树下过，
挥刀砍柳树！
大爷冲过去，
双手把树搂，
横眉冷对蒋胡匪，
怒火烧心头！
儿童团员举起红缨枪，
民兵抡起开山斧，
贫下中农臂挽臂，
保住塞上一棵柳。
从此后，
儿童团员抬水浇，
塞上贫农常培土，
一年一度柳叶绿，
十年塞上长满柳！

听罢塞柳一席话，
战士大步向前走，
风狂雨骤何所惧，
永做塞上一棵柳！

*原载诗集《延安山花》（陕西人民出版社，1972年5月）。

进了刘家峡

进了刘家峡，
把人眼看花！
看了东山大寨田，
又看南沟大水坝，
西梁梯田水哗哗，
果林罩了北山坬！
十里长渠一根藤，
水库就像“串串瓜”……

进村问大妈，
支书这阵儿可在家？
大妈笑哈哈，
手指前川忙回答：
庄稼长势催人忙啊，
家里哪能留住他！
刚才碗一丢，
又去锄庄稼。

拨开一湾“打锣锤”[①]，
闪过一滩好棉花，
穿渠过坝大半天，
玉米林林里找到了他。
支书迎过来，
手握手儿把话拉。
穷山沟变化这么大，
使的什么好方法？
支书开了腔，
话语声声震山崖：
毛主席复电问候咱，
叫咱前进路上大步跨！
革命传统大发扬啊，
千难万险踩脚下。
延安精神谱新章。
山沟里开出大寨花！

＊原载诗集《延安山花》（陕西人民出版社，1972 年 5 月）。

①指高粱的一种优良品种。

电焊工

脚下千里灯河，
头上万里星空，
高高的脚手架上，
活跃着我们电焊工。

小小的焊枪，
喷发着我们火样的热情；
面对这飞溅的火花啊，
心头荡起了热浪层层！
从草地的篝火，
想到了枣园的油灯；
从淮海战役的火网，
想到天安门礼花缤纷……
我们呵！
心中常有万里长征，
眼前永亮一盏明灯，
掂一掂手中的焊枪，

我们知道它的分量有多重！
面对万里星空，
遥望千里灯河，
祖国呵！
我们向您保证：
用我们的焊枪和心血，
为您涂彩绘金，
让您更加年轻！

*原载诗集《延安山花》（陕西人民出版社，1972 年 5 月）。

当年“八路”延安来

两排杨柳树，
一条金光路，
解放军野营来延安，
老政委走在最前头。
三十个春秋去又归啊，
千里迢迢探老母。
政委笑问宝塔山：
可认得当年小八路？

山相识啊水相迎，
宝塔俯首紧紧搂：
政委啊，——不，
还应该叫你“小牛牛”！
那一年陕北遭灾荒，
年三十饿死你亲父母。
七岁的孤儿无依靠，
狗地主拉你顶地租！

白天你放牛转山沟，
夜来你老牛肚下数星斗，
一滴滴泪水肚子里咽，
望着宝塔叫老母……
没爹没娘没姓名，
大伙都叫你“小牛牛”。
一九三五年毛主席来陕北，
小牛啊，党才把你的名字
写进革命的“家谱”！

回延安啊，翻“家谱”，
党就是我的亲父母！
延河水哺育我长大，
革命熔炉铸筋骨。
走南闯北几十年，
娘啊，我怎能忘记，
在您怀抱里那红火的年头？
桦树皮上写生字，
土窑洞里读毛主席的书；
磨刀饮马延河畔，
站岗放哨柳林铺；
枣园大娘教我纺线线，
杨家岭大爷教我种糜谷；
多少回送信宝塔下过，
我敬军礼你点头！
抗日战争烽火旺啊，
你送儿子上征途。

肩扛红旗穿枪林，
迎着弹雨歼敌寇，
宝塔常在眼前立，
延河常在心间流……

想延安啊念老母，
搂着宝塔分不开手！
母亲延安换新颜，
英姿美景看不够：
平展展马路望不到头，
杨柳深处起高楼；
当年荆棘丛生处，
钢花迸溅铁水流；
梯田盘了千座山，
大坝封住万条沟；
花果满山梨满树，
“信天游”声声不断头……
旧情新歌引人醉啊，
望着宝塔热泪流！
柳条轻拂政委的脸，
好像母亲抚摸儿子的头，
还像当年出征前，
千叮咛呀万嘱咐：
革命的战士，人民的牛，
多沉的担子多长的路？
天下还有受苦人，
豺狼还在大门口！

再尝延安小米饭，
不忘传统不忘苦，
阶级仇恨记心头，
延水磨刀永不锈，
高举红旗跟着党，
延安路上大步走！

＊此诗与曹谷溪合作，原载诗集《延安山花》（陕西人民出版社，1972年5月）。

灯

天上千颗星，
地上万盏灯，
哪一颗星最亮？
哪一盏灯最明？

千颗星啊万颗星，
亮不过熠熠北斗星；
千盏灯啊万盏灯，
明不过杨家岭小油灯！

小油灯啊小油灯，
不怕狂风吹，不怕暴雨淋，
红军北上去抗日，
它伴着毛主席去长征！

去长征啊建功勋，
油灯照处播火种……

多少回雨夜急行军，
红光闪闪照征程！

千里草地灯映红，
万年雪山灯化溶。
中华大地硝烟漫啊，
杨家岭油灯通夜明！

通夜明啊通夜明，
毛主席灯下写雄文！
小油灯下起狂飙，
小油灯下春雷滚：

壮丽的诗篇灯下写，
伟大的决策灯下定！
五星红旗飘上天，
祖国山河红彤彤！

杨家岭的灯啊，
为什么这样明？
因为它经历了革命的光辉里程，
它永远亮在战士的心中！

*此诗与曹谷溪合作，原载诗集《延安山花》（陕西人民出版社，1972年5月）。

歌儿伴着车轮飞

马铃响，彩霞飞，
枣林里闪出运输队。

丰收鼓点心窝窝擂，
马蹄哒哒鞭声脆。

梯田里棉花雪样白，
大坝里玉米穗挤穗。

前川里红了“打锣锤”，
后山上糜谷映金辉。

金涛红浪滚滚来啊，
忙煞了公社运输队。

朝迎红霞车马去，
夜披满天星光回。

金瓜银果满车车垒，
跑马驱车画中飞……

一串串鞭花一串串雷，
车马恰似延河水。

场院里庄稼堆连堆，
大路上车流望不到尾。

金光大道鲜红的旗，
宝塔山下尽朝辉！

诗的情哟画的意，
诗情画意引人醉……

赶车的人儿歌不息，
一歌未落百歌起。

《复电》铭刻在咱心窝里。
南泥湾精神谱新曲。

铁手牵来清泉水，
百日大旱田苗儿翠。

公社自有回天力，
丰收彩图毛主席绘……

大路宽呵歌声美，
歌儿伴着车轮飞。

延河水流向中南海，
赞歌儿献给毛主席！

* 此诗与曹谷溪合作，原载延川《山花》第 3 期，1972 年 10月 1 日。

桦树皮书包

（叙事诗）

年轻的朋友，
你说，
为什么今天阳光灿烂，
鲜艳的红花开遍了祖国？
是谁，给了我们幸福？
是谁，给了我们欢乐？
——每当想起这些，
桦树皮书包的故事，
便从我的心头掠过……

那是一个雨后的晚上，
长征队伍在草地上跋涉。
这里变幻的气候，
真像一个残酷的妖魔：
一会风雪裹着冰雹，
一会太阳吐着火舌，
到了夜晚，

刺骨的寒风又来折磨。

没有饭吃，
没有水喝，
冷冻、疲劳、饥饿，
紧紧地把我们缠着。
但是，每个人的心里，
都有一团红火！
长征的队伍，
像条奔流不息的铁河……

我们的老班长，
总是那么又笑又说，
常用几句幽默的趣话，
把年轻的战士逗乐。
他已经几天没吃没喝，
但却充满了革命的快活。
背着那个桦树皮书包，
走在我们的前头，
唱着井冈山学来的歌……

这个桦树皮书包，
班长像宝贝一样带着。
长征时轻装上阵，
班长丢了其他用品，
可桦树皮书包啊，
却没有舍得！

桦树皮书包，
像一团炽热的烈火，
无论在什么时候，
都给了我们巨大的力量和热。
不管是行军的路上，
还是在休息的时刻，
班长都从书包里，
拿出毛主席的著作
和我们一起学习、思索……
革命的火种啊，
在我们的心头燃烧，
又在长征的路上撒播……

宿营号响了，
草地上升起堆堆篝火。
我们把最后一条皮带，
煮进了行军锅。
班长背着桦树皮书包，
去找野菜和干柴火。
我们围坐在篝火旁，
唱起了雄壮的《国际歌》。

周围已被夜色隐没，
只有亮晶晶的北斗星
在天边闪烁。
老班长还没回来，
不安的情绪

在我们的心头笼罩着。
我们踏着他走过的脚印，
来到一个小土坡，
啊——
一串惊雷在头上掠过！
老班长浑身是血，
嘴里含着一棵野菜，
在这里静静地躺着：
他身边放着一把野菜，
还放着一小堆干柴火。
——这是他饿倒后，
硬是用牙齿
一棵棵啃下来的！
班长的身躯，
到处都被草地磨破；
班长爬过的地方，
殷红的血滴
就像红色的花朵……
我们伏在班长的身上，
倾听班长那微弱的脉搏；
班长睁开眼睛，
把我们一个个抚摸；
又从桦树皮书包里，
取出毛主席的著作：
《星星之火，可以燎原》，
八个大字，一团烈火，
燃烧在我们心中

把茫茫的夜空划破！
最后，他把这些
一齐交给了我，
坦然地微笑着，
对我和大家说：
“副班长……，你把它……好好带着！
……同志们，……长征的路……
虽然……很曲折……，
但是……只要……跟着毛主席，
胜利……就一定是……我们的！”
进军号吹响了！
东方升起红霞万朵。
我背起老班长留下的
桦树皮书包，
领着全班战士，
又在这红色的铁流里，
奔腾着，奔腾着……

* 原载延川《山花》第 5 期，1972 年 11 月 1 日。

老锻工

爱听鼓风机的喧闹，
喜欢红火苗的欢笑，
和钢铁打交道，
这是你的嗜好。

将意志赋予锤钳，
把红心投入炉灶，
“趁热打铁才能成功”，
砧上一片火花飞爆！

锤钳张开牙齿，
把钢铁嚼咬；
你抿嘴微笑，
品尝生活的味道；
透过这浓烈的烟火，
你仿佛看见了：
原野布满了井架，

"铁牛"成群地飞跑；
高楼矗入蓝天，
谷垛攀上云梢……

心如蜜样甜啊，
锤在猛烈地跳；
为社会主义锻栋梁，
你精神抖擞永不老！

热情，在炉中燃烧；
理想，在锤下锻造。
老锻工火一样的心啊，
永远在火红的世界跳跃……

* 原载延川《山花》第9期，1973年1月16日。

今日毛乌素

塞外毛乌素，
走石又飞沙，
改朝换代几千年，
留下多少辛酸话：
草籽下地不扎根，
大雁飞来不安家；
一堆黄沙一堆坟，
劝君莫过红石峡……

往日辛酸话，
谁再提起它！
毛主席挥笔指黄沙，
风展红旗旗如画——
鞭声雷响空中爆，
马蹄踏踏溅火花；
千军万马奔塞外，
要与黄沙见高下！

寒风卷大漠，
春色心头撒，
汗珠落地浪滚滚，
激浪打沙沙搬家！
红心似火烧寒流，
一路春风一路花；
铁手缚住黄蛟龙，
栽果、插柳、种庄稼……

人说桂林好，
山水甲天下；
且看塞外毛乌素，
祖国西北一幅画——
绿柳红桃披彩霞，
肥羊壮马草上撒；
渠水弯弯瓜串串，
高粱染红万顷沙……

一代风流多英姿哟，
挥舞彩笔千万把；
今日心中诗，
明朝画中画！

*原载延川《山花》第27期，1974年2月10日。

老汉一辈子爱唱歌

县里召开“文创会”，
点名道姓要我去。

心像小鼓一个劲擂，
一晚上闹腾的不瞌睡。

多少回躺下又坐起，
心窝里像烧开一锅水……

旧社会家贫如水洗，
吃不上饱饭穿不上衣。

从小嗓门就清脆，
常用山歌倒苦水。

一声声山歌一滴滴泪，
唱不尽穷苦人受的罪……

三五年毛主席来陕北，
穷苦人翻身出火堆！

口唱山歌心欢喜，
句句歌唱咱解放区。

白羊肚手巾蓝布衣，
咱参加了乡上的宣传队。

翻身人爱演革命戏，
穿村过舍唱新曲。

宣传咱穷苦人入农会，
打倒地主分田地……

难忘那年正月里，
红火热闹满边区。

秧歌队给毛主席去拜年，
咱一路唱到枣园里。

秧歌不断锣鼓脆，
歌声追着彩云飞……

猛一下欢呼如响雷，
人群里来了咱毛主席！

毛主席对咱笑微微，
夸咱秧歌唱得美。

我推开众人挤上去，
望着领袖淌热泪：

几辈辈揽工汉盼救星，
今天咱亲眼见到了您！……

从此咱山歌像喷泉水，
嗓门儿越唱越清脆；

镢头一挥歌声起，
互助组人马好整齐；

合作化又上了一层梯，
歌儿更比昨日美；

人民公社顶天立，
战歌伴着响鼓擂；

三面红旗飘在咱心窝里，
公社的蓝图咱描绘！

眼望着公社的山和水啊，
歌儿更甜心更醉……

山里的歌儿哟心里的曲，
句句歌颂咱毛主席！

毛主席的革命路线得胜利，
千山万岭歌潮起。

我唱山歌去开会呀，
奔不完的前程唱不完的曲！

*原载诗集《延安山花》(陕西人民出版社，1974年3月)。

为《青年诗友报》题

桥山沮水多神灵，
先祖植下中华根。
我辈岂敢怠且慢，
万古精英待钩沉。

一九八六年三月二十四日

* 原载陕西省作家协会编《重走路遥路·五人行》，2012 年内部刊印。

题红石峡

易马城，红石峡，
城上无门峡无闸。
内乱汉臣戈相拨，
直入胡马蹄带沙。

*1990 年写于诗人闻频稿纸，由闻频提供。

书信

一九七六年

761230　致海波[①]

海波：

你的情况如何？请写封认真的信来告诉我。

我一切均好，勿念。刊物是否能收到，请告诉。

路遥

一九七六年十二月三十日

①作家，著有小说《农民的儿子》《烧叶望天笔记》等。系路遥的同乡、同学。

一九七七年

770406　致海波

海波：

来信收到，本来到西安后就想给你寄刊物，无奈把伟大的“玉龙河”忘记了，幸亏你来一封扯淡信，内容等于零，但却使我知道你在什么地方了。

我的工作挺忙，整天看稿，创作只能暂时中断了。

你在那里还觉得不错，那就行了，反正到什么山上唱什么歌。不过，还是要自己严要求自己，不要虚度光阴，只要努力，什么都会好起来的。人可以亏人，土地不会亏人，有白享的福，没有白受的苦。

希望你能写封长信，告诉我农村目前的真实情况。

紧握你的手！

路遥

一九七七年四月六日

770830　致海波

海波：

你好。

你的来信收到了，诗稿我交给了诗歌组。据我看稿子用不成，是赶形势的，属“马后炮”一类。

我曾去延安组稿一次，挺忙，没来得及回延川，力争春节回家一次。

你能去马小教书，这很好，请记取你前几年的生活教训，从某种意义上说，是要重新开始做人。

揪出“四人帮”人心大快，首先认识到这是在思想上解放了人民，你在农村时间长，请朴朴实实地写一点反映农村生活的文章，这对你是有好处的，不要赶时势，胡凑一篇，以“繁荣文艺创作”。要研究生活，反映生活的本质，以前关于创作上的一些框框完全可以打破，从研究生活起，然后得出结论。

请代问马文瑞好。

匆忙中写以上几个字。

路遥

一九七七年八月三十日

一九七九年

791204　致海波

海波同志：

你好。

接你信后，碰巧尔雄开会来西安，走了一趟我这里，我当即就把你的问题提出来了。据他说，这次实在无法，因你不在“杠杠”里边。不过他答应力争在今后为你的事努力，请你以后多与他联系，我只要有机会，　定全力以赴帮助你，这点请你放心。

今有两事需要告诉你。第一件：我那个不成器的弟弟四锤，经过一番相当艰苦的努力，终于在县农机局施工队上班了（新成立的，当然是交钱挣工分，现在永坪公社），他开推土机。据说县农机局局长是冯致胜，请你通过艳阳给她爸做点工作，请多关照他，不要半途打发了。（可对艳阳说，再让艳阳对她爸说：我认为她爸是个出色的政治家；我本人很佩服他；或者我对他希望他具有政治家风度，不必为过去的派性而影响——这点不一定明说。我出去一直说冯致胜的好话。）具体怎样做，视情况而定，你认为在需要的时候，怎样做为好，由你看，相信你会在这个问题上（如出了麻烦）会起一点作用的。你是个精人。这一切太庸俗了，可为了生存，现实社会往往把人逼得在某些事上无耻起来。这是社会的悲剧，你自己也许体会更深。

第二件：我们这里鸡蛋已到一元钱五个的光景。想延川总会便宜一些，这是我的孩子的每天必需品，如你能设法再买一点捎来（当然越快越好），十分感激。如有困难，也就算了。

刊物我当每期都寄上，有时我不在，误了一半期，也请你原谅。

请你给我回信。

（明年学习班我会给你争取的）

路遥

一九七九年十二月四日

一九八〇年

800117　致海波

海波：

你好。

你的信收到了，东西也收到了，请你放心，所买东西需多少钱，望告知，当付上。不许打“埋伏”，因你还是社员，我的经济状况总要比你好。

上次去信谈及愚弟之事，蒙你认真对待了。此事目前可能没什么问题吧（因刚去），我很久也未收到四锤的信，不知他的情况如何。如到时有什么困难出现，务请努力挽救。

关于学习班之事，这期已结束，下期如何办，可能主席团要开会研究。有人提出下期专办理论人员学习班，现未定，等定后，我再根据情况做工作。如学习班如期办下去，你今年来学习一期看来问题不大，我在此机关说话还是有点威信的。

我元月六号回到西安，此次出去，走了不少地方，武汉、坐船下长江、上庐山、到武昌等，厦门完了，到上海，然后坐飞机回来的，共有一月左右。诸方面的工作都很忙乱，生活节奏非常紧张，已经到骑着驴寻驴的地步了，现在好在年富力强，正值工作之年，吃苦受累是当然之事。

你多年寡居乡间，一直没有丧气，经常努力追求，这是很叫人高兴的。人活一口气，当然经常需要精神安慰，如果我能在精神上能给予你一点什么，这是我很宽慰的。望节制、自爱、进取，不断完善自己的生活观。

你应和四锤联系一下，经常能知道他的一些大的方面的现状，请给予这个人朋友式的关怀。

好了，东拉西扯，加之忙，写得很草率，请原谅，希望见到你的信！

祝好！

路遥

一九八〇年元月十七日

800428　致刘凤梅[1]

凤梅：

近好。

来信早收悉，穷忙，未能及时回信，请原谅。

《西安事变》我们没发，是《陕西戏剧》发的，我要了两本，现寄上，请查收。

信中所诉一切，我是能深刻理解的。生活中的许多烦恼是颇能折磨人的。但我相信失去的东西在生活中是可以找到补偿的。不要

---

①中国作家协会会员，编审。

屈服于任何厄运，坚强而独立地审时度势。烦闷的时候，自己给自己折一束鲜花。

我一直沉浸在自己的工作和事业中，以求得心灵的慰藉。我想，有心人是不会空付一腔热血的。

久离陕北，那边的情况不甚了解。请多来信告诉一些（包括你自己的）情况。

祝愿你好！

路遥

一九八〇年四月二十八日

800501　致刘茵[①]

尊敬的刘茵同志：

您好！

您写给我的信收到了，非常感谢您对我的帮助。尊敬的前辈秦兆阳同志（他的作品和人格都使人钦佩）这样关怀一个年轻人的作品，使我深受感动。

前几天，我还收到过编辑部的一封信，我已经回信，想必收到了。

这篇作品[②]所反映的内容，都是我亲身经历和体验过的生活，其中的许多情节都是那时生活中真实发生的。

“文化大革命”开始时，我是初中三年级学生。关于那段生活，三言两语简直说不清楚，有机会我向您详细讲述。现在只好告诉您一些一般的情况：我当时和我所有同龄人一样（十五六岁），怀着

①编辑家，时任《当代》编辑，后任《当代》编委、《中华文学选刊》副主编等职。

②指《惊心动魄的一幕》。

天真而又庄严的感情参加了这场可怕的革命。我是一个几辈子贫困农民家庭出身的孩子，一边冲冲杀杀，一边又觉得被冲击的人并不都坏，但慑于当时的革命威力，只好硬着头皮革命下去。后来一些坏人从一般性折磨县委第一书记，发展到准备在肉体上消灭他。这是一位很忠诚的老同志，在县上干了许多好事，全县的老百姓都保他。在这时我们一些农村来的学生由于受自己的农民家长的影响，也开始非常同情县委书记。于是我们就和县上一些当时被称为“老保”[①]的干部联合在一起（我曾是学生红卫兵组织的头头之一），在1967年公开表态保县委书记（他现任延安市第一书记，党的十一大全国代表）。这样反而加快了那些坏人想消灭他的步伐。我们这些保他的人为了他的生命，也为了让农民站到我们这一派来，就把县委书记偷运出县城交给了农民。农民们便这个村转到那个村把他藏了起来。当时县委书记为了不让两派因为他而发生武斗，哭着哀求让保他的人让他继续留在城里接受造反派的批斗，哪怕斗死他，他也愿意。他说他不能背离毛主席发动的“文化大革命”，因为他跟了一辈子毛主席。后来我们就用绑架的形式，强硬地把他弄到了农村。他还几次试图从农村回城里去接受造反派的批斗，但都被另一派和农民“关”了起来。这样县上两派就开始武斗，陕北上至军分区，下至各公社的枪支弹药全被抢光了，并且军队也分成两派，整整打了一年。后中央发了7·24布告才平息下来，是全国武斗最持久的地区。在1966年至1967年“文化大革命”最暴烈的时候，包括我们县委书记在内的许许多多陕北老干部，为了群众的利益，表现了可歌可泣的献身精神（这是老区干部最辉煌的品质），许多人为了党和人民的利益，献出了自己的生命。这些人都是带着迷惑不解的心情死在最初的风暴之中。当然，也有投

①“老牌保皇派”的贬称。

靠一派、指挥武斗、出卖灵魂等等这样的干部。我自己的组织里也充斥着坏人，一切都颠倒、混乱！尤其是文化落后的山区简直全部变成了“武化革命”。

我经历了这些，并且在林彪事件还未发生之前就冷静下来，读了红宝书以外的另一些哲学经典著作，也读了资产阶级的一些平等博爱的书,于是在内心里开始检讨我自己和整个这场运动。同时，也了解了各地在这场运动中发生的无数悲惨的事件，思想发生了骤然的变化。以后我就钻图书馆，读了不少书（包括大量文学作品以及人物传记)。1973 年以后，以工农兵学员的身份入延安大学中文系。那时学校在“四人帮”统治下极为可笑、混乱，我就自己以欧洲文学史和苏联文学史为指南，读了许多俄罗斯和欧洲其他国家的文学名著，并且也开始练习写一点小东西。后来接触了鸿钧他们，他们知道我当时的政治观点是反“四人帮”的，又写一点小东西，就和学校联系，把我借调到当时的《陕西文艺》当了近一年编辑。1976 年大学毕业，他们点名把我调到《延河》编辑部小说组当编辑，一边编稿，一边给点时间写稿，一直到现在。“四人帮”打倒后，我写过一点短篇，在本省和外省的个别刊物上发表过（如想了解我的创作情况，还可以看一下延河 1979 年第 10 期上的短篇小说《夏》)。这时候，由于打倒了“四人帮”，许多政治问题都逐渐明朗，“文化大革命”初的那段疯狂生活又出现在我眼前，关于过去的种种思考使我内心充满了想要把它表现出来的焦躁，于是就写了那个中篇小说。由于一切都是经历过的、熟悉的，写的很快，往往白天黑夜激动的浑身发抖，有时都忍不住爬在桌子上哭出声来。

我在这篇小说中主要的着眼点是想塑造一个非正常时期具有崇高献身精神的人。我觉得，不管写什么样的生活，人的高尚的道德、美好的情操以及为各种事业献身的精神，永远应该是作家关注的主要问题。即使是完全写阴暗的东西，也应该看得见作家美好心灵之光的投射（比如鲁迅）。不管各个历史阶段的社会现象多么曲折和复杂，以上人类所具有的精神和品质总是站主导地位的。否则，人类也不可能发展到今天。更何况，我国人民在历史上形成的厚朴品质加上过去几十年党的正确领导和教育，使得生活中马延雄（县委书记）和具有马延雄式精神的人大量产生和存在，他们就是天塌地陷，也仍然保持着革命的赤子之心。当然，他们不是大政治家，更不是宗教意义上的先知圣人，他们只是一般的党的基层干部，既有党性觉悟，也有农民的朴素哲学。我在写他时（包括写其他类型的角色），想尽量反映那个时代的真实。就是十年“文化大革命”，不同的人在这十年不同的岁月里，认识、思想都有差别。我尽量让他们的思想和行为符合那个特定时间（在武斗夺权之时）和特定的地点（在陕北山区）。文章是粗线条的，主要考虑当时的生活气氛和节奏，用这种手法比较协调。

这篇作品目前这个样子并不理想，缺陷和不足都很明显。今后如有机会和条件，我想用较大一点的作品来反映这一段生活，这是现在我的想法。

这篇作品最好以中篇小说发表为好。因为这不是写一个具体的真事，我是把我了解的许多事按作品构思的要求虚构的；这不像里德《震撼世界的十天》那样的长篇报告。基本按历史事件和真实写成，并不虚构。另外，因写的是一个特定地区的生活，如按报告文学发，多事的人必然会从作品里寻找生活中的真实的原型，这样怕惹麻烦。请你们再考虑一下，我的意见最好能按中篇小说发。

另外，能不能让我改一下校样？因为5月份初发稿，大动不可能的（我也不准备大动）。如有可能，我想在校样上改一改个别不妥当的地方。

尊敬的刘茵同志，我各方面的修养和准备都很差，极希望您和编辑部同志经常给我帮助和指导。我在内心十分感激《当代》编辑部，因为我们这些年轻人发作品是很困难的。遇不到热心的编辑，往往看也不看就退回来了。这篇作品写成后，曾给几家大刊物寄过，但都被条退回来。当某某杂志也是这个态度以后，我就让那位不太熟悉的同志转给你们。我曾想过，这篇稿件到你们那里，将是进我国最高的“文学裁判所”（先前我不敢设想给你们投稿）。如这里也维持“死刑原判”，我就准备把稿子一把火烧掉。我永远感激您和编辑部的同志，尊敬的前辈秦兆阳同志对我的关怀，这使我第一次真正树立起信心。

我已对若冰和鸿钧转达您对他们的问候，他们让我回信时转达他们对您的问候。

深致敬意！

（如有什么事，请再联系）

路遥

一九八〇年五月一日

801030　致史小溪[1]

小溪同志：

你好。

我两个多月来一直休创作假，没有上班。接你信及稿件，即交值班的编辑同志看了。我自己也认真读了。就稿件来说，不十分精彩，但作一般配稿还是可以的。我长时间没上班，即和值班编辑商量了一下，他说现稿子积压很多，有些原通知要用的稿也要退，因

①散文作家，曾任《延安文学》副主编。

此不好挤，建议将稿件退还你，还可向其他刊物寄，我觉得也只能这样，就把稿子随信一同寄回来了。

前一段我在陕报上看见你写的一篇散文，知道你仍然在努力。请继续努力吧。对于我们来说，前进一步，都是极为艰难的。

我将找一本《长江文艺》8期，读读你和碧野的通讯。记得你以前好像说过这件事。

我一直忙于写作，因创作假太短，简直跟偷人一样，又忙，又紧张。

（诗我不太懂，交诗歌组了，嘱他们认真处理。）

致敬！

路遥

一九八〇年十月三十日

801203　致史小溪

小溪同志：

你好。

信及稿件收到多时了，因发稿较忙，迟复了，很抱歉。

你的稿子我看了，并请理论组的同志看了一下，觉得稿子有一定水平，但似乎不够精炼，加之我们刊物除过发表纯理论稿件之外，对于作者和作品的介绍，通常都局限于本省，很少介绍外地作家的作品（主要是理论版面太小），因此在我们的刊物是不好发的。

你看来兴趣很广泛，什么领域都想涉及，这是很好的，只是注意不要分散精力。最好还是选择你自己较擅长的形式来写作，这样才可能精一些，尤其是初学写作，四面八方的出击，往往会收效不大，应从长足的发展来考虑，不要滥用热情。这些意见供你参考。

你捎的油已经收到，很感谢。油桶及钱等有机会给你。

非常感谢你对我抱有的感情。我实际上和你一样，对于逝去的岁月是很留恋的。不管怎样，我们的少年时期过的很美好，阴影更多的是留在老年人心上的。至于我们，得到的应该说比失去的多。我只是忙，没时间和过去亲爱的朋友们重叙这些往事，但我强烈地、而且永远地记忆着这些岁月，并且将用今后的成熟来报答过去。

你是个很有热情的人，希望你能合理地使用这笔财富。

祝你愉快！

路遥

一九八〇年十二月三日

一九八一年

810112　致海波

海波：

收读了你的来信，对你的近况有个一般的了解了。在本质上说，我是个重情义的人，但由于我自己幻想多，具体的生活并不细，因此可能得罪朋友。其实他们不了解我，我爱所有的亲朋，但我自己的事太多，不能一一周全。上帝可以作证，我没有说谎。

你近几年的生活可以说基本上是正常的，克服了一部分盲目性，希望能继续成熟起来。首先，不能在精神上把自己打倒，要做一个健全的正直人。你是一个弹性很大的人，你要努力。就能变成一个精神上很优秀的人。

对生活的苦闷是正常的，我虽未处在你的位置上，但完全能理解你。不要紧，只要热爱生活，就能活下去，并且可能活得好一些。

关于教师转正的问题，我不知道怎样帮你的忙。延川的人事已经淡漠了，就是原来关系要好的人也不会重视我的意见，因为我对他们没什么用处，这点想必你能够理解的，但我还可以写信。给谁写呢？请你自己权衡告诉我。

我这里一般情况都很好。如果可能，请你给我弄一点软米，因我母亲在这里，春节想吃点油糕，如没顺车就算了。你如见了四锤，让他给我写封信，告诉他的近况。这也是一个心高命薄的可怜虫，希望你多开导他、帮助他。

深致敬意。

路遥

一九八一年元月十二日

810316　致张兴元[①]

张兴元同志：

你好。

《世道》一稿我们已读了，觉得很不错，决定在我刊作为重点稿发表。现在只是觉得人物的某些方面把握还有不准确的地方，想让你再改一改。我们的意思是，你如果能来西安改这个稿子更合适一些。不知你们单位能不能让你来。如果你自己愿意来这里改，是否可先和单位商量一下，然后回信给我们，我们给单位去信联系，请你将以上所提到的问题，急速来信告知我们，以便采取相应的措施。

路遥

一九八一年三月十六日

①作家，时在河南省商丘地委宣传部工作。

810328　致张兴元

张兴元同志：

三月二十五日来信收悉。给你们宣传部的信已和此信同时发出，望你及时联系。如取得同意，请电告来西安的日期、车次、到西安站时间，到时将有人手执《延河》杂志在出站口迎接你。

为防车站接不上，特将我刊地址告诉如下：

西安建国路 71 号

从火车站坐 1 路电车到大差市站下，然后查问。

路遥

一九八一年三月二十八日

810328　致商丘地委宣传部

商丘地委宣传部负责同志：

你好！

你部干部张兴元同志为我刊撰写了一篇小说《世道》，我们看后觉得很不错，但其中有些地方需要改动一下。我们的意见，想请兴元同志来西安编辑部一趟，争取把这篇文章改好发表。所用时间也不会很长。不知你们以为如何？如蒙同意，请通知作者即速来编辑部。

希望得到你们的大力支持。

致谢！

路遥

一九八一年三月二十八日

810405　致何启治[1]

启治兄：

您好。

本来要抽出时间去看您和诸位，但稿子校对不完，白天黑夜出不了门，碰巧建国来这里，就将京夫的稿子托他捎您。盼望西安相见。问老朱等同志好！

路遥

一九八一年四月五日

810516　致海波

海波：

收到你寄来的红枣及信、稿子，红枣我将慢慢吃，稿子及信当时就看了。枣子看来花钱不少，想寄钱，太少，难看，等到陕北再给你。信看了，知道了你目前的心境及生活状况。

先谈谈稿子。此稿目前显然不成熟，主要是艺术构思差；写得较零乱，杂芜，没有感染力。短篇小说主要要抓住一个侧面，在一点上深入细致地写，才能达到一种好效果。另外，也有概念化的倾向（总体意图上的）。此稿当然不能用，就退你了，请原谅。六月份你的小说题目我改成了《啊，妈妈》。前几天刚校对完，看来还不错。我们理论组一位同志配了千把字的短评，第一次在正式文学刊物上发稿，还是较为排场的。

---

①文学编辑家，曾任人民文学出版社副总编辑、《当代》杂志主编。

关于写作事业，我的概括看法是，先要正确理解人生，才能写好文章。你已快三十的人了，三十而立。相应地要完全成熟起来，不光能写点文章，要在整个社会生活中向公众表明，你已经是一个成熟的大人了；在社会生活中，要控制激情，在写作中要放纵激情，要正确地把二者统一在你的整个生活中。至于写文章，不要焦躁，沉住气地努力，焦躁反而坏事。你可以这样想：我就是我，我不能离开我的条件和能力去奢想我不能达到的事；另外，我要把这个“我”发挥到完全的程序，不浪费一点。这样，结果就是一百分。各人都有各人的一百分，各人的一百分决然不是等同的。对自己也要现实一些。你总的在进步着，但这是起码的，难道还能退步吗？

关于四锤的事，就那样办，到出了问题时再说吧。

我七月份开始休创作假，大概有四个月，到时我将回陕北去，但不一定在延川长住，因我有个较大的创作计划，需要到干扰少的地方争分夺秒完成。

我最近又完成了一部中篇小说，叫《1961年：在困苦中》，《当代》秦兆阳主编来信，觉得还不错，初步决定要在《当代》发表，可能到年底了。

我是非常忙的，许多事在交叉进行，紧张的程度是一般人难以想象的，一天只能有三四个钟头睡觉。真想到什么地方安安静静休息一个半月……

抽空写了以上的话，即兴式的，望谅解。

祝你运气好！

路遥

一九八一年五月十六日

又补：

我的中篇《惊心动魄的一幕》今天收到通知，已获全国优秀中篇小说二等奖。我二十三号动身去北京领奖（二十五号开大会）。这是一件对我绝对重要的收获。

因忙，就写这几句。

祝好！

路遥

一九八一年五月十七日

810618　致张兴元

兴元同志：

你好。

我因去北京参加发奖大会，才回来，见到了你的信。

《世道》一稿已发《延河》七月号小说头条位置，校样已看过，现已付印，特此告知，请放心。

我七月十日开始休创作假，四个月。

很感谢你对我们的支持，你是很有潜力的，望努力。

致敬意！

路遥

一九八一年六月十八日

810706　致海波

海波：

《芳芳》一稿看来内涵不深，有做作的地方，结局牵强，不好用。我送审了一下，被刷下来了，因此退稿迟一点，请原谅。

我这几天就去陕北，先到甘泉，到时再看什么时间回延川。当然希望和你见一面。

祝好！

路遥

一九八一年七月六日

810912　致海波

海波：

上次延川匆匆几面，也没谈什么，其实，以前我们已经谈得不少了，反正，我是就我知道的和认识到的对你毫无保留。当然，就你所处的环境，要突破是较困难的，但只要努力，人间是没有什么东西能挡住人的发展的。有话请来信，寄上刊物一本。

路遥

一九八一年九月十二日

811031　致海波

海波：

你好。

感谢你多方关照，你捎的东西都接到了。

我最近才上班，上班后即给你跑读书班的事，无奈管理读书班的同志最近出差，一直没回来，因此没办法商量。等回来后，我一定给你争取一下。此次读书班打听了一下，十五个人，大部分都是在省及全国刊物上发过许多次文章的人，你能不能参加还是个问题，不过，我可以努力一下。

稿件我已经看过，看来还是简单和粗糙一些，缺乏文采，只是急急忙忙说明白一个事，细部及语言都苍白无力。稿件积压很多，即就是留作配稿也很困难，只得还退给你，请你寄《延安文学》试试。我是很愿意为你帮忙的，你自己也应创造一些条件。要想取得成功，就要收心务正，只有保持庄严的心境，才可能进入庄严的工作，也才可能取得成绩，这一切都是统一的。

有什么事请来信，我这方面的结果如何，将写信给你。

致敬！

路遥

一九八一年十月三十一日

811108　致海波

海波兄弟：

来稿来信均收读，我前几天去外地出差，回信迟了，请谅解。

稿子我看了，觉得比你以前进步了，但目前还不能够达到发表水平，望你继续努力。你有时选材还不错，只是匆忙完成了过程，深入考虑不够，一般很粗糙，叙述多于刻画，细节更差一些，作为小说，这些都是最要害的。我现要发稿，较忙，等闲一点再详细写信给你。

多年来，我们诚心相交，友谊是会永生保持的，常不写信的原因仅仅是因为信不能表达多少思想和感情，我衷心希望你能坚实地走一条有出息的生活道路。不断克服由于年轻而造成的许多荒唐。希望理性战胜你性格中不健康的情感，做一个优秀的现代人。我信任你。你是不应该垮掉的，应该合理地生活，合理地做人。

祝你日新月异。

路遥

一九八一年十一月八日

811127　致何启治

尊敬的老何：

您好！

现将改稿寄您。我认真思考过您们的宝贵意见。前部分的确进入有点缓慢，大删了一下，同时用削改的办法，强调只是个别人对马建强歧视。这样着重解决了您前专提出的两个问题。另外一个问题，即加强其他人的描写，因是第一人称，要加强，必须还要设计另外的情节和细节，这样前后都要牵动，反而增加了字数，效果又不一定好，因此极作难。还有，要指出大跃进等问题，在这种并非问题小说中有点刺眼，我试图这样解决，但很不理想，有点无能为力。总之，这个修改稿仍不能使您们满意，这使我很苦恼。现在我对这部作品已经有点没办法了。因为稿件较大，要打破原构思确实有点困难。请您看后，如觉可以用就留下，如觉不行，就算了，请您能理解我的心情，这部稿子因人物心理因素较大，原来写的时候就很费力，先后用了五个多月时间，一点一点往出磨，到现在还不理想，很使人痛苦。

我目前正给另外一个刊物搞一个较长的稿子，也很吃力。没办法，总之感到力不从心。

非常感谢您热心给我写了那么长的信，认真提了许多宝贵意见，但我仍解决不了一些问题，很觉对不起您。

问其他同志好！

路遥

一九八一年十一月二十七日

一九八二年

820111　致海波

海波：

我前一段去北京中国青年出版社改那部中篇，才回西安，见你信。明年古历正月二十前后（大约），延河要开个新作者会（发过一篇东西的），到时一定让你参加，因我负责这个会。到时通知会发到县文教局，也会给你本人的，请事先到文教局打个招呼。另外，关于读书班，问了一下，在明年下半年才办（因房子问题），这一届将一定让你参加。

你若能搞点豆类（如豇豆、绿豆等），给我弄一点，鸡蛋恐怕不好带。这些主要是为孩子的。

我已被告知，今年上半年再带半年班，从下半年开始搞专业创作。

另告：我去年在甘泉那部中篇，中青社评价很高，已决定出版，并先在刊物上发表。另外二十一万字的中短篇集上海已初步决定出版。如上帝保佑，不出什么差错，我今年将有两本书共三十五万字问世。但我根本不满意这种结果，按我的情况，成绩应该更大些。

没办法，只能长期努力，自己知道自己能吃几碗干饭。因不久见面，此信就终止了，希望得到你的回信，并打问一下四锤的情况，一并告我，这死小子常不给我写信。

祝好！

路遥

一九八二年元月十一日

820306 致海波

海波：

你的稿件已决定在《延河》六月号“处女地”栏发表，并同期配发一篇一千字的短评（由编辑部评论组的一位同志写），特此通知。对于初学者来说，这一步是相当要紧的。为此，我已经尽了自己的力量。愿你认真努力，争取再大一点的成功。我从五月号（实际工作从现在起）已负责小说散文组的发稿工作，忙是不必说的。七月到十月底（四个月）是我的创作休假，到时可能还要回陕北，见面再深谈。请来信告诉你的情况。不要忘记关心四锤及其工作。

祝好！

路遥

一九八二年三月六日

820504　致史小溪

小溪同志：

《鸡的轶事》一稿已发表在《延河》七月号上，特告。

我下半年要从事专业创作，不在编辑部了。

你近来怎样？祝万事如意！

我较忙，就写这些，请原谅。

祝好！

路遥

一九八二年五月四日

820706　致何启治

老何：

来信收读，知你已上班，想必十分繁忙了。

你来西安，碰巧我各种事务缠身（公私都有），未能周到地安排，很内疚，希望你能谅解。

《鲁迅全集》请在稿费中扣除好了。

我目前正在交接班，搞前半年总结。

希望你不久再来西安！

问老龙、老朱、刘茵等同志好！

路遥

一九八二年七月六日

820821　致阎纲[1]

阎纲同志：

收到你八月十七日信时，我正在搬家，里外一片混乱。读罢你的信，我很激动，这主要是由于你对《人生》的敏锐的理解所引起的。

这部作品写完已经一年了，你的信重新唤起了我过去几年中为这部作品前后所经历的那些沉重的思想历程、感情历程和工作历程，唤起了我对这部作品中那些“老熟人”的深沉的回忆——我把他（她）们送到读者面前时，像刘立本出嫁巧珍一样只是感到终于了结了一桩沉重的心事，长出一口气，以后就淡了：嫁出去的女子泼出去的水，由人去看去说吧。现在你把这些人物又引到我的眼皮底下，使我的心不由得又为他（她）们震颤起来。

是的，避免人物的简单和主题的浅露，正是我在这部小说中尽力追求的，我自己也很难确切地说出这部作品的全部意思来。我当时只是力求真实和本质地反映出作品所涉及的那部分生活内容。当然，我意识到，为了使当代社会发展中某些重要的动向在作品里得到充分的艺术表达，应该竭力从整体的各个方面去掌握生活，通过塑造人物（典型）把我们时代最重要的社会的、道德和心理的矛盾交织成一个艺术的统一体，把具体性和规律性、持久的人性和特定的历史条件、个性和普遍的社会性都结合起来——也就是说，应该向深度和广度追求。

《人生》显然没有达到应有的深度和广度。我的能力不够，我告诉过你，我为这部小东西苦闷了三年——苦不堪言！灰心和失望贯穿始终。面对大量复杂的多重的交错关系而一筹莫展。同时，对

①文学评论家。

主题的发展线索没有深邃地理解的时候，也是作家痛不欲生的时候。就我的体验而言，这个过程主要是和自己的浅薄与无能做斗争的过程，收益如何，看你对自己能狠心到什么程度。

现在我向你谈谈这部作品写作之前的一些零乱的思考。

我国当代社会如同北京新建的立体交叉桥，层层叠叠，复杂万端。而在农村和城市“交叉地带”（这个词好像是我的“发明”——大约是在你和胡采同志主持的西安地区作家座谈农村题材的那个会上说的），可以说是立体交叉桥上的立体交叉桥。我在另一篇文章中已经说过，由于现代生产力的发展，又由于从本世纪六十年代中期开始，在我国广阔的土地上发生了持续时间很长的、触及每一个角落和每一个人的社会大动荡，使得城市之间，农村之间，尤其是城市与农村之间相互交往日渐广泛，加之全社会文化水平的提高，尤其是农村的初级教育的普及以及由于大量初、高中毕业生插队和返乡加入农民行列，城乡之间在各个方面相互渗透的现象非常普遍。这样，随着城市和农村本身的变化与发展，城市生活对农村生活的冲击，农村生活对城市生活的影响，农村生活城市化的追求倾向，现代生活方式和古老生活方式的冲突，文明与落后，现代思想意识和传统道德观念的冲突，等等，构成了当代生活的一些极其重要的方面。这一切矛盾在我们社会的政治、经济、文化、思想意识、精神道德方面都表现了出来，又是那么突出和复杂。

实际上，世界各国都存在着这么个“交叉地带”，而且并不是从现代开始。从古典作品开始，许多伟大的作家早已经看出了这一地带矛盾冲突所具有的突出的社会意义。许多人生的悲剧正是在这一地带演出的。许多经典作品和现代的优秀作品已经反映过这一地带的生活，它对作家的吸引力经久不衰，足以证明这一生活领域是多么丰富多彩，它们包含的社会意义又是多么重大。当然，在当代中国社会中，这一生活领域的矛盾冲突所表现的内容和性质完全带有新的特征。

你知道，我是一个地道的农民的儿子，一直是在农村长大的，又从那里出来，先到小城市，然后又到大城市参加了工作。农村可以说是基本熟悉的，城市我正在努力熟悉着。相比而言，我最熟悉的却是农村和城市的“交叉地带”，因为我曾长时间生活在这个天地里，现在也经常“往返”于其间。我曾经说过，我较熟悉身上既带着“农村味”又带着“城市味”的人，以及在有些方面和这样的人有联系的城里人和乡里人。这是我本身的生活经历和现实状况所决定的。我本人就属于这样的人。因此，选择《人生》这样的题材对我来说是很自然的。问题是如何表现，这就是我前面已经简略地谈到的我的苦恼所在。

目前我国的文学创作的天地无疑广阔多了，严肃的作家都在努力追求。但正如你指出的，情况有些“纷扰”。最通常的“流行病”有两种：制造时髦的商品或有震动性的“炸弹”，不是严格地从生活出发，以“新”的刺激性为目的；另一种是闭着眼不面对生活和艺术的现实，反正过去的都是永放光辉的法宝，新出现的都是叛逆，都应该打倒，老公鸡叫鸣，总就那么一声！而最糟糕的还不仅仅在此，最糟糕的是在以上这两种东西互相指责对骂、混战一场的时候。这似乎是逼迫所有的作家必须在他们之间选择此甲或彼乙，否则，你就可能会成为“被遗忘的角落”。

真正的文学，真正的现实主义文学与以上两种现象毫不相干。但是，在中国，要在作家的灵魂和工作中排除这些现象的干扰并不是一件容易的事。心平气静地在这种“夹缝”中追求自己的道路，需要一种强大的精神力量和对事业的虔诚的态度。在国内有两位前辈作家在创作和创作生活上对我产生过极其重大的影响，一位是已故的柳青同志，一位是健在的秦兆阳同志，他们对文学和从事这个事业都有着深刻的理解和抱有一种令人尊敬的严肃态度。他们都直接地教导了我。只是我自己经常时不时露出毛躁的毛病，这是常令我痛心不已的。就我个人来说，《人生》的写作，一方面是“夹缝”中锻炼走自己的道路的能力和耐力；另一方面，在某种程度上也是我向这两位尊敬的前辈作家交出的一份不成熟的作业。

归根结底，作家不能深刻理解生活，就不可能深刻地表现生活。对于作家来说，有生活，这还不够，必须是深刻理解了这些生活才行，只有这样，才可能在大量多重的、交错复杂的人物关系中伸缩自如，才可能对作品所要求的主题有着深邃的认识和理解，然后才可能进行艺术概括——当然，这个过程更加繁难，否则，尽管你对生活有了一定的理解和认识，也仍然可能制造出赤裸裸的新闻性质的所谓作品来；这样的作品和作品中的人物，即使最及时地反映了当前的政治和政策，也只能像马克思在责备拉萨尔的悲剧时所说的：“席勒式地把个人变成时代精神的单纯的传声筒。”

不知不觉已经写了许多，至于《人生》，我实在不想多说什么，我从读者写给我的信中强烈地意识到，当代读者的智慧和他们理解与欣赏作品的水平，已经向作家提出了很高的要求，我们必须拿出更成熟的作品来，才能与我们的时代和人民的事业相适应。我自己并没有多少信心，但我总是想努力的。自我们认识以来，你对我的创作一直给予热忱的关怀。我不仅希望你对我鼓励，同时也希望你对我批评——后一方面比前一方面更重要！

西安今年出奇的凉爽，几乎过了一个“冷夏”。最近有机会回家乡看一看吗？

致敬意！

路遥

一九八二年八月二十一日西安

821004　致刘凤梅

凤梅：

来信早收悉，前一段较忙，拖至今天才复信，请原谅。

知道你一直不屈不挠努力在一种事业之中，心里很高兴。这对于一个有家室的女同志来说，的确是不容易了。你是一个有个性的人，这在小时候便给我留下了印象。我相信一个人只要永远对自己的现实不满足，怀着热烈的爱情去追求新的生活，那么必定会有收获的。有白享的福，没有白受的苦，这是一位大师的话。的确，这是千真万确的。

来信提到你编辑了一些女科学家的事实，我想这是极有意义的。我不知道，你现在弄好的这些文章是否可以足够出一本书。如果可以的话，你可以送上海出版社或者天津出版社、科学出版社。这些出版社较活跃。当然也可以给陕西出版社。总之，首先应该搞得自己满意，才交出去。另外，你还可以抽出突出的几篇，送给《中国妇女》杂志。只要能搞好，就会找到出路的。

我还想提醒你：你应该认真细致地读外国最著名的文学作品（主要是苏联和西欧几个国家的古典名著），这将会大大开阔你的生活视野，同时也能提高文学文字的科学能力。总之，一个文明的现代人不知道这些人类已经具有的高度智慧结晶，是不可理解的。

希望你应努力，最后的结果是什么，可以先不管。

我最近也在深入研究我国文学的传统和现状,极不满足有些“国粹”，想尽力冲破，在文学表现上走自己的路。这当然妨碍我很快去“出名”。在中国，文学上传统的观念束缚并不比思想上、政治上小，极需要一些有勇气的人去打破，开创新的境界。愿我们都努力，以期为社会尽自己微薄的力量。

代问玉民好。

敬礼!

路遥

一九八二年十月四日

821216　致何启治

老何同志:

您好。

很长时间没给您写信了，想必您一定很忙。

我首先要感谢您的是，《在困难的日子里》一文几乎没有一个错别字或排错的地方，这使我深受感动。因为这种现象对我来说是极少有的，这说明您的工作是多么认真!

这篇小说是写一个被老点的人淡忘了的，而年轻人还不了解的一个时代的小故事，不被评论界或文学界注意是当初就想到了的。不过，我自己还是抱着一种激情写完的，从某种意义上说，我对它比《人生》还更有感情些,写作时也更吃劲些。感谢《当代》总算发表了它。我收到了十几封读者来信和几个电视电影改编本，我熟悉的许多朋友也是比较喜欢这篇作品的，这样我已经很满意了。

今年前半年我值班发稿，九月下来搞专业、紧接着搬家和其它杂事，因此这一年表现极平庸，也没写出什么像样的作品，准备明年好好思索一下再看吧。

您最近有什么新作?我很注意，记得曾看见过《文学报》您写的韦君宜同志的文章，一口气读完，很好。当然，您可能时间挺紧，我了解编辑部的工作。望您节劳，并望您继续写出作品来。

另外，最近听到有些读者反映，《当代》注重时代气息，但有些作品有概念化倾向。将此情况转告您，也不一定向其他同志说。

代问组里所有熟人好！

路遥

一九八二年十二月十六日

821224　致何启治

老何同志：

您好。

非常高兴地收读了您的信。

您在文学上的深厚修养给我极深的印象。在处理我那篇拙文中，您尽了很大的责任，这是我深为感激的。

《在困难的日子里》现安徽电视台已着手拍摄电视片（我自己当然不参与这类活动）。今接《中篇小说选刊》来电，他们明年第二期也要转载这部作品。看来这文章还是能被接受的，我深深感谢《当代》对我的关怀与帮助，我一直是贵刊的鼓吹者，因为从某种程度上说，这个刊物是我的创作之父，我愿在今后仍然得到您和同志们的支持与帮助，我也当为您们贡献自己低能的薄力。

因《困难～》的读者来信与《人生》的混为一摊，得花点时间清理一下，过几天我再挑几封寄您，先写这些。

我最近一直在家，完成阅读任务。冬天又冷，外出活动不方便，眼下只能这样了。

问组里的熟人好！

路遥

一九八二年十二月二十四日

一九八三年

830110　致何启治

老何同志：

明天要出差（十天后回西安），匆匆写几句。

您们要的读者来信，今天翻了翻，大多数是要改编电影、电视的，有的说的又太“肉麻”，只匆匆挑出四封寄出，不一定能用，您酌处。

《人生》已出，现寄上一本，请批评。

您一定很忙，就不多言了，有事请来信。

祝新春好！

路遥

一九八三年元月十日

830125　致李炳银[1]

炳银兄：

您好。

我刚从乡下回来，高兴地读到了您的信，非常感谢您对我的热情鼓励，我自己写得少且差，经常内疚，觉得有辜于朋友们的期望。实事求是地说，我对自己不抱什么大希望，只是尽自己能力去做，能做到什么程度，就做到什么程度。

我知道，我的这两篇作品尽管读者给予了很大的热情，但官方与批评界的态度有一定保留，因为这两篇作品我是想追求一些东西，冲击一些东西的，似乎显示了一些非主流的倾向，因此恐怕有些领导同志不太习惯。关键问题是我没直接迎合一种需要。我们多年来的文学说明我们对文学的理解并不宽阔，需要一些勇气去冲击，而不管自己和自己作品在眼前的命运如何。几年来，我一直寂寞而痛苦地在想追求一些东西。知音是有的，这是我最大的安慰。我对您是感激的，因为您第一个正经八百地评论了我的作品。

另外，《在困难的日子里》一稿《当代》压了一年才勉强发表，听说编辑部意见很分歧，有同志说我写了“饥饿文学”，我很不理解。他们没有看出一个简单的事实：我在写一种精神上的“温饱”。发表出来，读者并没被这种“饥饿”吓倒。这篇作品《中篇选刊》今年二期将转载，安徽电视台已拍电视。关于《人生》，是我三年苦熬的一篇作品，现关于高加林这个人物正在争论，您不知看没看《上海文学》今年一期的那篇评论？这是站在一种哲学高度来评价人物的。

---

[1] 文学评论家，时在中国作家协会创研部工作。

先写这些，祝您愉快！

路遥

一九八三年元月二十五日

830208　致何启治

老何：

您好。

很高兴收读了您的信及寄来的读者的文章。您的信和这些文章都使我很激动。我自己唯一的感受是，应该更认真地去写作，才能对得起大家。至于中篇评奖，我不想去考虑那些事，因为作品最终要经受的是历史的考验。

《鲁迅全集》的书款我也大意了，没去计算一下！大概已经耽误了事，很抱歉，现随信同时寄给姚淑芝同志，望查收。

您最近一直在京吗？希望您再来西安！我如有机会去京，一定去拜访您。有事请您写信。

祝春节愉快！

路遥

一九八三年二月八日

另：老秦最近身体怎样？我怕打扰他，一直不敢给他写信，您再给我写信时，顺便给我说一下他的情况。

遵嘱将读者信退回。

830612　致何启治

老何：

您好。

我在陕北农村，接到转来您的信。谢谢您的热心关怀。

转来的读者来信所指责我的几点都是站不住脚的。六一年无疑属困难时期，尤其是陕北，情况极其严重，我亲身经历过的。这位读者好像是外国人。另外，陕北中学农村户口的中学生从来没有转为商品粮的。

关于《困》获贵刊奖已接到通知。我自己不太愿意接受这种荣誉了，但我不能拒绝您们的奖励。我目前在陕北奔波，争取七月份回西安迎接您。

我目前在改个电影剧本，长一点的作品还未着手进行，如写出来，再给您们吧，准备认真一点，在时间上稍微往后推一推，因我刚在《当代》上发表过作品。

知道您很忙，就不赘言了。希望您出来转一转，松弛一下。

问编辑部熟同志好！

路遥

一九八三年六月十二日

830715　致何启治

老何：

您好。

我前几天从陕北回来，看见您的信，知道您很忙，我因 20 号仍要回到陕北，临行前给您打个招呼，有事您写信，会转我的。

贺佳同志没见来，纪念品不用太费心。有机会捎来就行了。

我看见您给小巴写的信，真为小巴高兴。我们对您的认真负责和细心都怀有一种敬意！

祝您愉快！

路遥

一九八三年七月十五日

830820　致李炳银

炳银兄：

您好！

前后两信及您的稿件均收读，因这两天忙于搬家，迟回了几天信，请原谅。

我八月一日开始已正式离开了编辑部，手续已交清，也不在编辑部上班了。碰巧天芳也休创作假，您的稿件我妥交值班的副主编贺抒玉同志，她说一定妥善处理。照我看，此稿刊用是可以的。如果我要在编辑部，问题不会大，另一班的同志情况较复杂一些。稿件如何处理，估计会很快告诉您的。

关于《人生》您写了这么长一封信，看来您是认真读了，我十分感谢。其中许多意见是极好的，我会认真思考您的意见的。这部作品不管成功与否，得失如何，我无疑是想追求一些东西，也想带来一些东西。主题和人物是复杂的，也是多义的。我总觉得评论家对这部作品似乎不好说话（?）。作为我自己来说，没有什么侈求，我只是较愉快地完成了一个痛苦的过程。我喜欢有什么奢求，但我永远也达不到这样的目标。

以后时间是多了，但创作最需要的是一种心理因素，最近的日子，这个因素欠佳，因此很难动笔写什么。您一直热心地关怀着我的创作，望今后仍能给予支持。

最近忙吗？有什么事情来信。

致敬意！

路遥

一九八三年八月二十日

831130　致申沛昌[①]

沛昌老师：

您好！

来信收读，一片深情厚意，使人热泪盈眶。世界广大，但知音不多，学校三年，我们虽然是师生关系，但精神上一直是朋友。您是我生活中少数几个深刻在心的人，我永远不会忘记您。您的智慧和理解力我是深知的。我们常常不是用言语，而是用心来对话和谈论的，相隔两地，接触不多，但我相信我们在精神和感情上的交流一直是稠密的。我知道您一直密切地关注着我的一切，我自己也是一直关注着您的，并且将我的工作成果献给您和其他一些令人温暖的朋友的。

您目前的处境我理解，请您开阔一些，人间之事，天轮地转，正如李太白诗曰：长风破浪会有时……

①路遥老师。时任延安大学党委宣传部部长，曾任延安大学党委书记、校长。

我目前得应付诸种复杂局面，就不写长信了。感谢您为我做的一切!

最近有机会和申易同志谈谈我的情况。

致崇高的敬意!

路遥

一九八三年十一月三十日

一九八四年

840910　致杨明春[①]

明春兄：

您好！

大札收读。不仅读到了您的一片真诚之心，也读到了一篇美妙的书法。

天乐之事，内情尽知，现在已落脚，这就好了。您已经尽力相帮，非常感谢。

听说您在筹备文联，很高兴，极希望延安文艺界能团结一致，搞出成绩来。

今年太忙，无法去延，有机会见面长谈，就再不赘言了。

问曹老、其国诸君好！

路遥

一九八四年九月十日

①作家，时任延安地区文艺创作室主任。

一九八五年

850129　致孟伟哉[1]

老孟：

您好。

上次冒昧用电话打扰您，实在对不起。和您短暂接触几次，觉得您是一个胸怀宽阔和目光远大的人，因此作为晚辈可以和您率直对话。这种率直丝毫不影响内心对您的敬重。前不久听启治说到您的种种情况，使我对您更产生了一种敬佩之情，衷心祝愿您一切顺利。

我初中时的同学海波，多年一直热爱文学，并在很艰难的生活条件下坚持不懈，也写过一些东西。因此，不久前地区（延安）破格招工。本人则向往到青海去工作和生活，求我作一介绍，青海我没熟人，突然想到了您，便冒昧将他介绍来，看您是否能给予安排。这要根据您的情况来决定，千万不要为难。有关他的情况，由本人向您面述。

---

①作家，时任青海省《现代人》杂志主编。

我去年一年参加整党，基本没写什么。准备写长篇，但准备极不成熟，看来很为艰难。我已听说您组织创办了《现代人》杂志，我一定设法支持这个刊物。如无意外，我准备夏天去一趟青海，因为我正有一个有关青海的写作想法（一个中篇），到时再去拜访您。同时欢迎您来西安做客。您如在陕西有什么事需帮忙，请您打招呼，一定全力以赴。

顺致

崇高的敬意！

路遥

一九八五年元月二十九日

850514　致海波

海波：

你来去匆匆，未能详谈，以后还有机会。望努力工作，一定要站住脚。

宝鸡文创室主任蒋金彦同志苦心经营了一部中篇，叫《儿女经》，请你一定设法将此稿在你们刊物发一下，如需修改，也可请他去青海。金彦是我多年的朋友，他身体不好，搞一部作品也不容易。

我不久即外出，没什么大事，就不写信了，争取在青海见面。

祝好。

路遥

一九八五年五月十四日

一九八六年

860727　致李金玉[①]

金兄：

你好。

信估计你已经收到了，你的先后两信都收读，一切均好，请放心。只是“合同书”还未收到，你是否用挂号寄出的？这样会慢一些。

现寄上《平凡的世界》的封面设计。设计者为延安地区文联美术编辑张永革，他是陕北人，陕西美术界颇具有影响的青年画家，此设计完全体现了我的想法。我十分满意，估计你也会满意的。你一定要做工作，书的封面完全用这个设计。否则，我会很失望的。如果哪方面有困难，需我出面，请及时告知，我给出版公司领导写信。我特别希望这个设计稿能顺利通过使用。请你及时将情况告知我。如来得及，我九月份去北京再做工作（当然通过了就无此麻烦了）。

你信中所述情况均知道。

①中国文联出版公司编辑。

因在文联处赶寄封面设计，就写这些。

祝夏安！一切好！

路遥

一九八六年七月二十七日

860823　致李金玉

金玉同志：

您好。

寄上合同，请查收。我不懂此道，反正一切按您的安排，我像“阿Q”一样，尽量把圆画圆。

路遥

一九八六年八月二十三日

一九八七年

870708 致谢望新[①]

望新兄：

您好。久别了，甚念!

现通过一位并不熟识的人，将《平凡的世界》二部手稿捎您，这样比邮寄要快和安全一些。稿件怎发，由您全权处理。因为第一部发在《花城》，我仍想在您那里发。二部几乎投进了我的全部精力和热情，找自觉出尽了力，稿件头天完，身体第二天就垮了，心力衰竭，气力下陷，整天服中药，也没气力和兴致和其他刊物交涉。问题是此稿我仍想由您手里发出，哪怕只发行一两份都可以——这些都是无所谓的。使我受感动的是，在我耗尽心力寂寞地投入这件漫长工作的时候，得到了您这样的朋友的理解和帮助。再一次感谢您。

您那里的情况和处境我不很了解，但能猜出几分。唉，没办法，不想干事的人总要让想干事的人什么也干不成!

①时任《花城》杂志副主编。

相信山不转水转，会有好的转机的，如心烦，可出来走走?

我如身体复元，即起程去煤矿下井（二十天左右），然后分别去陕北农村和大学去补充一些技术性的生活，有什么事，信仍寄中国作家协会，会及时转我的。

深致敬意!

路遥

一九八七年七月八日

一九八八年

880330　致王宝成[1]

宝成兄：

来信收读，谢谢你的诚心相助。因多种情况，我就不来临潼了。事太多，这里一边抄改稿，还得处理其他事，等候发表出版单位的来人等。焦头烂额，痛苦不堪。准备要紧事处理完毕，四月二十号左右去陕北，要躲就躲远一点。

你的情况怎样？想必也在紧张工作，请坚信自己的认识和想法，这是成功的基本点。索性不考虑发表与出版，只当完成自己的人生。归根结底，我们的努力不是去娱乐公众，而是编写自己有血有泪的心灵史。你表现的只面对你，或者说只有你面对自己所表现的。长卷千万要沉住气，相当长的时间里忘记文学界，忘记外部世界是必要的。狂热而悲壮地进行工作（想到没有人理解你的劳动本身就是悲壮的）。

零乱地写几句，诚心愿你全部发挥自己的能力、积累、胆识、魄力。

---

①作家、编剧，时在西安电影制片厂工作。

见到子良问个好，虽同住西安，见一面也难，祝他身体和精神都爽快！

路遥

一九八八年三月三十日

880519　致刘建勋①

建勋老师：

您好。

有一事，我想求您相助。听说今年西大还要招收五十名作家班成员，我有个弟弟也想应考就读于此班。他名字叫王天乐，现在《延安报》任记者部主任，党员，今年二十八岁，除通讯特写外，还在省内外一些报刊发表过一些文学作品。

我听说您具体负责招生工作，即冒昧写信给您，以得到您的帮助。我因给几家赶稿（长篇最后一部），一直在陕北躲着，本月底估计完了，六月上旬去北京送稿，中旬左右回西安，因此您不必回信。以后见面再和您详谈。

此事建军和万夫老师也知道。

匆此。

祝您愉快！

路遥

一九八八年五月十九日写于陕北甘泉

①西北大学中文系教授。

880625　致叶咏梅①

咏梅：

你好。

感谢在京期间你的热忱关照和亲切相待，在现今生活中，已经很少有这种感受了。同时，你对工作的认真负责态度，也使我十分感动。这一点，也还是我所最为看重的。在这一点上，我们完全是相同的。正因为如此，我觉得我们的合作特别愉快。

回来后，忙于各种事，才抽出点时间给你写信，主要的意思是，再次感谢你为我的这部书所作的令人永远难以忘怀的工作。

另外，请代问野墨同志好。他的质朴和才华，以及很有深度的艺术修养给我留下深刻的印象，他是一个视野很开阔的人，这在北京很不容易。恕我直言，许多北京人以为天安门广场就是世界上最大的地方。最大的地方其实是人的心灵。

先唠叨这几句，请问李伟及小女儿好，你们和谐的家庭真令人羡慕。祝你们愉快！如有什么事，请写信联系，我最近一直在机关。也可打电话 23683 传呼亦可。

什么时间还有可能来西安？我已向鸿钧和若冰转达了你的问候，并向他们介绍了你的出色的工作成绩，他们都为你高兴。

祝诸事顺利！

路遥

一九八八年六月二十五日于西安

①中央人民广播电台文艺中心“长篇连续广播”节目编辑。

880000　致蔡葵[1]

蔡葵同志：

您好！

寄上拙作第二部，望批评，第三部在《黄河》三期刊出，也望批评。

感谢您对这部作品的热情关注。

路遥

一九八八年

881231　致蔡葵

蔡葵同志：

您好！

我刚从外地回来，见您信，十分高兴，同时也拜读了《光明日报》您评拙作的文章。非常感谢。这部小说至今除镇南写过一篇有分量的文章外，您这篇是最重要的一篇。我反复读了好几遍，现在也还在手头带着。虽然我也看出来您的文章是被“剪裁”了的，但文章的论述使我很激动。您公正地用了一些大胆的褒词肯定了我的努力。您应该看得出来，我国文学界对这部书是冷淡的。许多评论家不惜互相重复而歌颂一些轻浮之作，但对认真努力的作家常常不屑一顾。他们一听“现实主义”几个字就连读一读小说的兴趣都没有了。好在我没有因此而放弃我的努力。六年来，我只和这部作品对话，我

①评论家，中国社会科学院文学所研究员，时任《文学评论》常务副主编。

哭，我笑，旁若无人。当别人用西式餐具吃中国这盘菜的时候，我并不为自己仍然拿筷子吃饭而害臊。

您对小说提出的意见是有道理的。其实，这部作品还存在着许多不足。您知道，尽管我们群起而反对“现实主义”，但我国当代文学究竟有过多少真正的现实主义？我们过去的所谓现实主义，大都是虚假的现实主义。应该说，我们和缺乏现代主义一样缺乏（真正的）现实主义。我是在这种文学历史的背景下努力的，因此仍然带有摸索前行的性质。不过，我的确是放开了胸魄，一丝不苟完成这部作品的；它的不足既是我的不足，也是中国现实主义的不足。对我个人来说，最重要的是它总算完成了。我记起托马斯·曼的一篇特写（也可看做小说）《沉重的时刻》，是为纪念席勒逝世一百周年写的，文中写席勒创作那部史诗《华伦斯坦》时的心理状态，其中有这样的话：终于完成了……它可能不好，但是完成了；只要能完成，它也就是好的。这也正是我目前的心境。当然，我也期待着我国评论家来实事求是地认识这部作品(包括它的不足)。至于我本人，我将尽量默不作声。我国文学界真正意义的自由争论还未形成，我认为这一原因主要是我国文学界自身造成的。比如，一张全国性的文艺报纸，仅仅发表几个编辑所持观点的文章，怎么可能真正形成百花齐放的局面呢？鉴于我国文学界的状况，你只能用作品来“反潮流”，不可能去用其他文章去论争，他们可以发表你的文章，但会安排在被审判的位置上，把你弄成浑身武力而未用尽的那些人的“靶子”。何必呢，老蔡！人一生有多少精力去扯这种闲淡！我已经孤独惯了，宁愿一个人躲在那些荒山野舍里；这样的时候，我才感到能更好地回到深远的历史和博杂的现实生活中去，也才可能使自己的心绪漫游在深广的宇宙中和人生意义的无尽的思虑之中。地球会爆炸，会消失，伟大与平凡将一起泯灭；生命是如此短暂，应该真正做点自己愿意做、也力所能及的事。一切不必要的喧嚣和一时的人生风光都没有什么意义。

扯得很远了。我十分愿意再能看见您对拙作的意见，我将能在其间看见您和我的一种心灵的交流，仅这一点就令我激动不已。

致

深切的敬意!

（您很忙，不必回信）

路遥

一九八八年的最后一天

*蔡葵著《〈平凡的世界〉的造型艺术》一文载《光明日报》1988年12月16日。

一九八九年

890401　致杨明春

明春同志：

您好！

给榆林老中医的信今天才寄出，十分抱歉。之所以如此迟缓，原因有三：我回西安第二天刚联系上，不料霍世仁有紧急会，第二天便去了北京，开了十几天会；紧接着我接连重感冒发烧十几天，不能出家门；后来电视剧导演来西安开座谈会，忙乎了几天，一直到昨天才赶到霍世仁家，拿来他给郭维岩的信。请您持此信到榆林找郭大夫。据世仁讲，此人治疑难杂症在榆林是很出名的，盼望能解除老苟的病情。

我忙忙乱乱，一切如故，五月份又能回一趟延安，见面再叙其他。霍如璧现正在西安，估计一星期后返榆，如我能见到他，先给他招呼一声。你们上榆林，最好还是由如璧陪你们看病，他是个热心而细致的人。

先写这些，问全家好！

路遥

一九八九年四月一日

一九九一年

910124　致何启治

启治兄：

您好。

先后接到您的两封信，我因身体不太好，且有许多难缠的家务事，未能及时复信给您，十分抱歉，并希望能得到您的谅解。

我对《当代》，尤其是我最尊敬的老师秦兆阳同志有极其不一般的感情，没有秦兆阳同志和《当代》，也许我现在仍然成不了任何较为重要的事。我天性内向，常常不知怎样感激别人才好。这多年很少去北京，去北京又没勇气去打扰我尊敬的人。前多年，我完全沉浸在长篇中，近乎与世隔绝。现在长篇虽完，身体却垮了，并且像从监狱出来一样，不会“生活”了。

至于您提到的《平凡的世界》发表一事，我根本没往心里放。当时这么大的作品，开头的部分肯定不能给人带来什么大兴趣。不用是正常的。发表过程因是三部一百万字，确实很困难，我曾经感到过绝望，因为当时没有人相信和信任我的努力，我是完全按自己的想法搞的，不愿受一种流行文学的影响。好在这一切都算过去了。

我近一年什么也没写，没情绪写。等以后情绪、身体稳定了，再试着写一点，当然，我肯定会给《当代》投稿的。

很长时间没有见《当代》的同志们了，但大家亲切的面容常在眼前一一浮现，老朱、您、刘茵等等。

我目前一切还算好。如有机会去北京，一定去拜访您。

请代我向老秦致意，并祝他健康！

路遥

一九九一年元月二十四日

910310　致蔡葵

尊敬的蔡葵同志：

您好。

茅盾文学奖的最后结果，我深感意外。消息经官方报纸证实后，我第一个写信给您，感谢您在这部作品从一开始直至今天所给予的令人永生难忘的支持与关怀。只有我自己知道，我的漫长而寂寞的努力，只有为数不多的几个人能够理解，您是最充分的一个。在这一时刻，我的确深深地感激您却不能找到更多的词语。我想到北京以后还能见面，并准备和您及几位朋友聚一聚。

一切都已经在昨天结束了。我想未来我写作的精神自由度会更大一些。这个奖与其说是一种收获，还不如说是一种解脱。

我一两年中一直读书和思索一些文学问题。从全人类目前的发展来看，我们所处的社会生活有许多不确定的因素。对作家来说，所谓现实，同时也就是未来，也就是历史，因此，必须有更具深度的思考，才有可能进入真正有价值的劳动。我想我不会匆忙地投入创作，除非那确实是内心的一种真实要求。

此信主要表达的是我对您的深深的感谢。

致春天的问候！

路遥

一九九一年三月十日

910618　致李金玉

金兄：

你好。

封面样稿及短笺收读。封面总体上十分出色，请代向王堃同志致意，感谢他费了苦心。有几点小意见最好能改过：①封面“著”字可去掉，因手写体名字旁加这么个印刷体，别扭；另外，书脊上已有“著”字。②封面“第三部”似应在书名下面，人名应在“第三部”下面。③第三部的括号应去掉，加括号较拘谨、小气。其他都很好，只是烫金效果还是现在这样暗，就有点不太容易看清。

我回西安后，忙于应付各种烦俗场面（我是冷静的）。最近脚气感染，不能走动，而且心情也不好。人往高处走，高处不胜寒，你会理解我的状况。

先写这些。

路遥

一九九一年六月十八日

911022　致蔡葵

老蔡：

您好！

首先向您道歉，先前两信均收读，但因我家里出了一些事，心绪极不好，无心顾及其他，加之身体不好，又要四处奔波一些烦乱事，未能及时回信，十分内疚，只有请您看在老友面上，能予谅解。

写文章一事，我极想完成您的要求，只是心情不好，集中不起精力，因此在时间上只能求您宽限。两年中身体不好，一直未动笔，手很生，而这类文章要求严密，深感力不胜任。不过，我想能集中一段时间认真考虑。

我要再次感谢您对我的关心和支持，这是永生难忘的。我也欢迎您和朱寨同志（问他好！）能来西安转一转。

在创作方面，我有一些想法，也作了许多新的准备，但现在还不能投入。如果不具备一定的价值，就不写。对我来说，写作不是自娱，而是一件相当沉重的事，除非心中的块垒不吐不行方可考虑。现在的问题是体力不支，一旦激动就透不过气来。

如果方便，不知是否能寄一本刊物？我们机关很少见到。

问朱寨同志好！

路遥

一九九一年十月二十二日

＊蔡葵约请路遥为《文学评论》杂志撰稿。

911022　致白烨[①]

白烨兄：

近好！

七月及不久前的信均收读，本来早应复信，但身体近段极差，加之内外有许多难言之苦，心绪不佳，杂事繁乱，几个月不能坐在桌前写一字，今天急忙回复，已太晚，只能请你谅解，好在朋友之间，想必能理解，有机会见面再详叙原因。

两篇大作均细细阅读，十分赞赏，看来你是真正理解了我，也理解了我的创作。尤其是最近这一篇好到令我拍案而起！分析准确，行文相当漂亮（简练而讲究，又有深度），论断自信，是《平》书评论中最好也是最重要的一篇，这篇文章完全穿透了作品内核，猜到了我当时的心理机制。由此我看到了你评论的广阔前景。某个时候应该是白烨的时候！

雷达兄的文章也写得很不错，具有大家的功夫，只是我还不满足，本应更放开一点，又想到这是《求是》，因此也就不能苛求了。

换届一事仍拖着，已有一年，都已麻木，当今世事，就是如此，不必认真。重要的是我们不仅能庄严地生活，也能玩世不恭，因此不会有什么大影响。

最近心很烦乱，放任自流。十二月四日去泰国，还是个团长，估计十一月底去京，到时再和你联系。

问老蔡、老朱好。

雷达处请向他问好！

路遥

一九九一年十月二十二日

---

①文学评论家，时任中国社会科学出版社总编助理。

一九九二年

920327 致王蓬[①]

王蓬兄：

您好！

先后两信都收读，因许多无法启齿的原因耽误了复信，请能原谅。

我是一个较为内向的人，有时很难在口头或行为表述自己内心激越的情绪。但和您，莫伸这样一些人呆在一块感到自在，因为我们真的超越了一些局限。

三本书出得都不错，我因身体不太好，需要一些时间才能阅读完，我一定会用文字说说您，只是在时间上尽量宽容我。就目前而言，您是陕西最有冲劲的作家，您诸事备齐，只待东风，成功是肯定的。有人已成强弩之末，您正箭在弦上。干吧！

为聂震宁写稿一事，现在有这么个情况：我手头编了一本文论性质的集子，名曰《作家的劳动》约十五六万字，包括以前的一些文学言

①作家，路遥朋友。

论（七八万字）和有关《平凡的世界》的一篇大型随笔（六万多字）。

本来，此书可以不出，因陕人社拟出我五卷文集。这些东西也将会包括进去，但我觉得这些东西淹没在小说中有点儿痛心，因此单集了一本，一则我看重这些文字，二则也想多拿几千元稿酬，就我目前及今后一段时间来看，因身体差，写作拿点钱很不容易了，现在，想请你出面同聂震宁联系一下，看能不能在漓江出这本赔钱的书。因为我目前遇到难以言传的苦衷（经济上），也许您以后会恍然大悟。

莫伸不久前来过，我们又谈起上您那里去逛一圈，但他目前走不开，又只能等到下一次了。

西安目前很“乱”，穷人富人都在谈论如何赚钱，想必汉中也一样，这一回，应该是有智慧的人赚点钱了，有机会咱们还可以好好论证一下，先写这些。

祝好！

路遥

一九九二年三月二十七日

＊三本书指的是作家王蓬的中篇小说集《黑牡丹和她的丈夫》（漓江出版社，1991 年 9 月）、长篇小说《水葬》（中国文联出版公司，1991 年 10 月）和传记文学《流浪者的奇迹》（中国文联出版公司，1991 年 11 月）。

920526　致李金玉

金兄：

前信想已收到。现和你商量一件事。去冬今春几个月里，我写了一篇长的随笔，题目是《早晨从中午开始》——《平凡的世界》

创作随笔，稿纸上六万三千字，能排出七万字来，我想出一个单行本小册子。这篇东西全部是写《平》的创作经过的。本来可以在其他社出，考虑到书是文联公司出的，那么这本小册子似乎给你们出更合适。文章已开始（从五月号）在《女友》杂栏连载（此刊物发行一百万份），反应非常强烈。不知此事能否实行？如可以，请马上打个电话给老徐，我很快将稿件（复印件）寄过来。如不行，也请回个信，我另作安排。

随着远远小学毕业（六月底），我将进入乱世之中，具体事肯定会很多，我得准备全力对付。

祝一切好！

路遥

一九九二年五月二十六日

920801　致白烨

白烨兄：

您好，久不通信，不知近况如何？

现介绍马治权同志来找您。他现正筹办一份杂志《各界》（由省政协主办），现来京想得到各方支持，我特让他来找您，希望能给予大力支持和帮助。具体事宜由他向您面述。问雷达兄好。我面临许多棘手事，等理顺后再和朋友们联系。

祝好！

路遥

一九九二年八月一日

图书在版编目（CIP）数据

人生 / 路遥著．—— 北京：北京十月文艺出版社，2019.12
（路遥全集：典藏版．剧本·诗歌·书信卷）
ISBN 978-7-5302-2009-2

Ⅰ．①人… Ⅱ．①路… Ⅲ．①剧本－作品综合集－中国－当代②诗集－中国－当代③书信集－中国－当代
Ⅳ．①I217.2

中国版本图书馆 CIP 数据核字（2019）第 222998 号

纪念路遥先生诞辰七十周年

路遥全集（典藏版）
LU YAO QUANJI (DIANCANGBAN)
路遥 著

责任编辑 王淑红
特邀编辑 王心谨 蒋屿歌 张逸兰
装帧设计 韩 笑
内文制作 杨兴艳 张 典
责任印制 金 易 史广宜

出 版 北京出版集团公司
北京十月文艺出版社
地 址 北京北三环中路 6 号
邮 编 100120
网 址 www.bph.com.cn
发 行 新经典发行有限公司
电话 (010) 68423599
定 价 990.00 元（全 8 册）

印 刷 北京盛通印刷股份有限公司
版 次 2019 年 12 月 2 日第 1 版
2019 年 12 月 2 日第 1 次印刷
开 本 880 毫米 ×1230 毫米 1/16
印 张 183.5 插页 16
字 数 2299 千字
书 号 ISBN 978-7-5302-2009-2
限量九千九百九十九套

质量监督电话 010-58572393
如有印装质量问题，由本社负责调换